Der Staatsfeind Nr. 1

Zum Buch

Mitarbeiter des amerikanischen Geheimdienstes begehen ein scheinbar perfektes Verbrechen, um im Kongreß ein allumfassendes Überwachungsgesetz und damit ihre Interessen durchzusetzen. Dabei kommt ihnen Robert Dean in die Quere, dessen glückliches Familienleben und Karriere als erfolgreicher Anwalt schnell zerstört ist. Dean bleibt nur die Chance, mit Hilfe eines untergetauchten Agenten sein Leben zu retten und seine Unschuld zu beweisen …

M. C. Bolin

Der Staatsfeind Nr. 1

Der Roman zum Film

Aus dem Amerikanischen von Heinz Zwack

Econ & List Taschenbuch Verlag

Veröffentlicht im Econ & List Taschenbuch Verlag 1998
Der Econ & List Taschenbuch Verlag
ist ein Unternehmen der Econ & List Verlagsgesellschaft, München
2. Auflage 1999

Titel des amerikanischen Originals: Enemy of the State,
A novel by M. C. Bolin based on the screenplay
written by David Marconi and Aaron Sorkin and
Henry Bean & Tony Gilroy

Umschlagkonzept: Büro Meyer & Schmidt, München – Jorge Schmidt
Umschlagrealisation: Init GmbH, Bielefeld
Titelabbildung: © Touchstone Pictures and Jerry Bruckheimer, Inc.
Gesetzt aus der Caslon, Linotype
Satz: Josefine Urban KompetenzCenter, Düsseldorf
Druck und Bindearbeiten: Ebner Ulm
Printed in Germany
ISBN 3-612-27656-5

EINS

Es war noch sehr früh an einem kalten Dezembermorgen, als ein Mercedes-Coupé, Baujahr 1968, in einem ruhigen Stadtpark von Baltimore anhielt. Ein Mann, gefolgt von einem lebhaften, goldfarbenen Labrador, stieg in der Nähe der Bootsrampe aus. Jeder, der in Washingtoner Politikerkreisen auch nur ein bißchen Bescheid wußte, hätte den Mann erkannt: Phillip Hamersly, republikanischer Abgeordneter aus Texas, ein Politiker der alten Schule, der für seine pragmatische Haltung bekannt war.

Er warf einen Tennisball, der Hund rannte ausgelassen hinterher. Augenblicke wie diese, in denen es nicht darum ging, im Repräsentantenhaus oder im Senat irgendwelche Kompromisse auszuhandeln, waren für Hamersly ein seltenes Geschenk.

Kein Wunder, daß sein Gesicht sich verfinsterte, als er den anderen Wagen heranrollen sah. Die schwere Lincoln-Limousine hielt an und blieb mit laufendem Motor stehen.

Hamersly wußte nur zu gut, wer darin saß. Sein Hund war nicht dazugekommen, auch nur ein einziges Mal den Ball zu apportieren.

Hamersly ging auf den Wagen zu und warf einen unfreundlichen Blick auf den Mann, der auf dem Rücksitz, konzentriert telefonierte.

Thomas Brian Reynolds.

Als er Hamersly sah, lächelte Reynolds und hob einen Finger, bedeutete ihm zu warten.

»Was zum Teufel haben Sie hier verloren?« fragte Hamersly. »Wir sind hier nicht in meinem Büro. Ich bin hier ganz privat...«

Reynolds schaltete das Telefon ab. »Fünf Minuten«, sagte er. »Bloß fünf Minuten, nicht mehr.«

»Nein! Ich habe am Dienstag *Nein* gesagt. Ich habe letzte Woche *Nein* gesagt, und ich werde wieder *Nein* sagen, bis ...«

»Bloß fünf Minuten, Mr. Chairman«, fiel Reynolds ihm ins Wort. »Mehr verlange ich ja gar nicht.«

Hamersly seufzte. Es war das Seufzen eines Mannes, der genau wußte, was er gleich hören würde – und es nicht wollte –, aber trotzdem zuhören mußte.

Reynolds rutschte zur Seite, Hamersly stieg ein. Reynolds Fahrer schlenderte davon, damit die beiden sich ungestört unterhalten konnten.

»Kaffee?« fragte Reynolds liebenswürdig.

»Ich will keinen Kaffee! Ich will mit meinem Hund spielen.«

Vor dem Tor des Parks stiegen zwei Radfahrer ab, um hier eine kleine Pause einzulegen. Ein Parkarbeiter ging auf sie zu und wies sie ab. »Tut mir leid, Leute. Wir müssen die Abwassertanks auspumpen.«

Die beiden Radfahrer zuckten die Achseln, schwangen sich wieder in den Sattel und fuhren weiter.

Natürlich hatte ein politisches Anliegen Reynolds dazu veranlaßt, Hamersly so früh am Morgen aufzusuchen. Hamersly widersetzte sich einer Gesetzesvorlage im Kongreß, die Reynolds unbedingt durchsetzen wollte: das Gesetz über das Fernmeldegeheimnis und den Abhörschutz, in den Medien meist nur kurz als Abhörgesetz bezeichnet.

Bundesbehörden wie die National Security Agency, der Nationale Sicherheitsdienst, für den Reynolds tätig war, brauchten dieses Gesetz, um legal über Satelliten übertragene Telefongespräche abhören zu können. Für Reynolds ging es bei dem Gesetzesantrag einfach darum, daß das Recht auf gleichem Stand wie die Technik war, die zur Verfügung stand – und auch bereits eingesetzt wurde. Da die technischen Möglichkeiten bestanden, wurden sie auch ausgeschöpft, und zwar in recht umfangreichen Prüfungen, die Tag für Tag vorgenommen wurden.

Wenn es Hamerslys Kollegen gelang, das Abhörgesetz zu blockieren – nun, dann waren diese Tests illegal. Nicht daß sie jemals strenggenommen im Rahmen des Gesetztes gewesen wären – aber, wenn die Vorlage jetzt scheiterte, würden sie ganz *offensichtlich* illegal sein. Und dann würde die NSA möglicherweise ihre Tests einstellen müssen.

Die Bösewichte könnten also am Telefon sagen, was immer sie wollten, und Reynolds würde nichts gegen sie unternehmen können.

Trotzdem hatte Hamersly sich bis jetzt dem Gesetz hartnäkkig widersetzt. Er stand an der Spitze des Widerstandes, der der Überzeugung war, daß dieses Gesetz der Bundesregierung praktisch einen Freibrief lieferte, nach Belieben jedes Telefon anzuzapfen. Stimmt mit *Nein,* hatte Hamersly seine Kollegen im Repräsentantenhaus und im Senat aufgefordert. *Nein* zum Gesetz über Fernmeldegeheimnis und Abhörschutz.

Reynolds konnte einfach nicht begreifen, weshalb Hamersly solche Schwierigkeiten machte. Er wußte, daß er andere überreden konnte – Reynolds verfügte über entsprechende Mittel und Wege. Außerdem baute er Hamersly wirklich goldene Brükken.

»Ich verlange von Ihnen ja gar nicht, daß Sie dafür stimmen«, erklärte Reynolds. »Ich weiß, daß Sie das nicht können. Ich möchte nur, daß Sie Ihre Leute selbst entscheiden lassen, wie sie stimmen wollen.«

»Fernmeldegeheimnis und Abhörschutz«, ereiferte sich Hamersly. »Legalisiertes Eindringen ins Privatleben trifft es eher!«

»Der Kongreß geht in zwei Wochen in Ferien«, sagte Reynolds. »Im Januar haben wir es mit ganz anderen Abgeordneten im Repräsentantenhaus zu tun. Dies könnte unsere letzte Chance sein, das Gesetz durchzubringen.«

So wie er das sagte, klang es wie ein Ultimatum.

»Haben Sie die *Post* gelesen?« fragte Hamersly. Reynolds hatte ein Exemplar der Zeitung im Wagen; Hamersly griff danach und begann vorzulesen. »Dieses Gesetz ist nicht der erste Schritt zur Überwachungsgesellschaft. Es *ist* die Überwachungsgesellschaft.« Er warf die Zeitung beiseite. »Ich werde nicht im Kongreß sitzen und ein Gesetz verabschieden, das es der Regierung erlaubt, mit Kamera und Mikrophon jeden beliebigen Bürger dieses Landes zu observieren.«

»Phil, das ist einfach liberale Hysterie«, konterte Reynolds. »Wir brauchen immer noch eine richterliche Anordnung oder einen Beschluß des Präsidenten, ehe wir Sie oder sonst jemanden abhören können ... hören Sie, mir ist egal, wer wen bumst oder wer im Kabinett kifft. Aber dies ist die reichste und mächtigste Nation der Erde. Und deshalb auch die meist gehaßte. Sie und ich wissen, was der Durchschnittsbürger nicht weiß – daß wir uns jeden Tag vierundzwanzig Stunden im Kriegszustand befinden.«

»Klar, selbstverständlich ...«

»Muß ich Ihnen aufzählen, wie vielen Amerikanern wir in den letzten zwölf Monaten das Leben gerettet haben, indem wir wohlüberlegt und fast immer ganz legal technische Überwachungsmittel eingesetzt haben?«

»Thomas, ersparen Sie mir diesen Quatsch«, sagte Hamersly. »Ich habe in meinem Wahlkreis allein in der Gegend von Austin drei Firmen, die dieses Gesetz in den Bankrott treiben wird.«

»Sie haben mein Wort darauf, daß ich Ihnen mindestens den gleichen Betrag an Wahlunterstützung zur Verfügung stelle, den Ihnen diese Firmen bei Ihrer letzten ...«

»Ich rede nicht von Wahlkampfspenden, verdammt noch mal! Ich rede davon, daß Menschen in meinem Wahlkreis arbeitslos werden! Herrgott, wachen Sie auf! Die nationale Sicherheit ist nicht das einzig Wichtige, worum es in diesem Land geht. Dieses Gespräch ist jetzt beendet.«

Hamersly wollte aussteigen, aber Reynolds legte die Hand auf seinen Arm.

»Ich bitte Sie inständig, Phil, tun Sie es nicht. Bitte ... ich habe in der Vergangenheit immer zu Ihnen gehalten. Es hat Zeiten gegeben, in denen Sie meine Hilfe und mein Vertrauen gebraucht haben.«

Hamerslys Augen funkelten. »Wollen Sie mich jetzt erpressen, Sie ehrgeiziger kleiner Scheißer?«

Reynolds Gesicht ließ nicht die leiseste Reaktion auf die Beleidigung erkennen. »Es tut mir wirklich leid, daß wir zu keiner Einigung kommen können, Congressman«, sagte er unverändert höflich. »Sie sind ein fähiger Mann. Die Leute in Ihrem Wahlkreis können sich glücklich preisen, von Ihnen vertreten zu werden.«

Hamersly schüttelte angewidert den Kopf und stemmte sich aus dem Ledersitz des Wagens.

Reynolds atmete tief ein, schüttelte den Kopf und blickte zu Boden.

Plötzlich spürte Hamersly, wie jemand ihn von hinten packte. *Was ...? Reynolds Fahrer – zum Teufel, was sollte das?* Er versuchte zu schreien.

Pratt, der Fahrer, hatte ihm den Arm um den Hals gelegt, und Hamersly rang nach Luft, schlug um sich, während Pratt unmittelbar hinter Hamerslys Ohr eine Spritze einstieß.

Als die Kampfgeräusche lauter wurden, wandte Reynolds sich ab und verdeckte seine Augen mit beiden Händen.

In weniger als einer Minute hörte Hamersly auf, sich zu wehren. Ihn unter beiden Armen haltend, zerrte Pratt den Kongreßabgeordneten über den Kies zu seinem Wagen. Hamerslys Gesicht war vor Angst und Schrecken verzerrt. Er schnappte nach Luft, griff sich an die Brust. Sein Hund rannte bellend neben ihm her.

Pratt stieß Hamersly hinter das Steuer des Mercedes. Sein Körper war nun schwer zu manövrieren, schlaff. Pratt schob Hamerslys Beine sorgfältig unter dem Steuerrad durch, setzte seine Füße neben die Pedale.

Hamerslys Gesicht war blau angelaufen.

Pratt zog ein kleines Röhrchen mit Pillen aus der Tasche und drückte es mit behandschuhten Händen in die rechte Hand des Kongreßabgeordneten. Als er losließ, entfiel Hamersly das Röhrchen, und die Pillen rollten zu Boden. Aber das hatte nichts zu bedeuten – seine Fingerabdrücke waren auf dem Röhrchen.

Pratt stellte den Schalthebel des Mercedes auf Leerlauf und schob den Wagen dann leise keuchend an der Tür an. Er begann, die Bootsrampe hinunterzurollen. Pratt schloß die Tür und beobachtete den Mann auf dem Fahrersitz.

Hamersly zuckte ein paarmal und bewegte sich dann nicht mehr.

Der Wagen rollte langsam auf das Wasser zu.

Pratt wandte sich dem bellenden Hund zu. »Komm schon, Junge, komm.«

»Das ist eine Hündin, David«, sagte Reynolds trocken. Er stand jetzt neben seinem Lincoln.

Während der Fahrer weiterhin ohne Erfolg den Hund rief, sah Reynolds zu, wie der Mercedes langsam im Wasser versank. Dann seufzte er und wandte sich an Pratt. »Vergessen Sie's, David. Lassen Sie uns verschwinden.«

Pratt nickte. Er hielt die Tür, während Reynolds sich auf den Rücksitz setzte, und schloß sie dann.

Als sie wegfuhren, sah Reynolds sich um.

Der Labrador stand an der Bootsrampe und bellte den halb versunkenen Mercedes an.

ZWEI

»Gegen die Unternehmer kämpfen – okay, das kann ich akzeptieren. Aber mit Fäusten? Mit Leuten von der *Gewerkschaft?*«

Jerry Mills – jung, gewissenhaft und erst seit kurzem als Anwalt für Arbeitsrecht tätig – befand sich in einer Besprechung mit drei Gewerkschaftern. Zwei davon waren Männer um die vierzig mit angegrautem Haar und ernster Miene. Der dritte war etwa halb so alt wie sie; sein Gesicht zeigte ein paar schwere Prellungen, sein rechtes Auge war blutunterlaufen.

»Aber unsere eigene Gewerkschaftsführer wollen uns zwingen, diesen beschissenen Vertrag zu unterzeichnen«, sagte einer der älteren Männer. »Diese Mistkerle haben Schläger hergeschickt, die Tag und Nacht damit beschäftigt sind, meine Leute aufzumischen . . .« Er deutete auf das Gesicht des jungen Arbeiters.

»Das ist eine Verletzung der Hobbs-Akte«, sagte Mills.

Robert Dean, ein weiterer Mitarbeiter, streckte den Kopf zur Tür herein. »Oooh, ein Hobbs. Nur weiter so. Das klingt ja wirklich, als ob ihr einen Anwalt für Arbeitsrecht brauchen würdet.«

Er kam herein und schüttelte den beiden älteren Männern, die er schon kannte, die Hand. Einer von ihnen schien Deans Witz nicht zu begreifen. »Sie *sind* doch Anwalt für Arbeitsrecht«, sagte er verwirrt.

Dean lächelte. »Sie sind hier schon richtig.« Er stellte sich dem Mann mit den Prellungen vor. »Robert Dean«, sagte er und schüttelte dem Mann die Hand. »Erzählen Sie mir, was vorgefallen ist.«

»Wir waren vor zwei Tagen in Brennan's Kneipe«, sagte er. »Ich war auf der Toilette, und da haben mich diese zwei beschissenen Spaghettifresser angefallen.«

»Mir wäre es lieber, wenn Sie sie als Amerikaner italienischer Herkunft bezeichnen würden«, warf Dean ein.

»Na schön, jedenfalls haben mich die beiden ganz schön aufgemischt. Gott sei Dank kam Larry Cash herein und hat mir geholfen.«

»Larry liegt im St. Luke's Hospital. Er hat einen gebrochenen Kiefer und einen Nierenriß«, erklärte der ältere Arbeiter.

»Bobby«, sagte Mills zu Dean, der ihm den Rücken zuwandte, »das entwickelt sich allmählich zu einem Fall für die Staatsanwaltschaft . . .«

Dean schüttelte den Kopf. Nein, dachte er, das ist immer noch ein Fall für einen Arbeitsrechtler, und zwar für mich. »Es würde Monate dauern, das vor Gericht zu bringen«, meinte er. »Diese Leute leben die ganze Zeit mit so etwas.« Er rief in sein Vorzimmer hinaus. »Martha . . .«

Deans Sekretärin erschien sofort in der Tür.

»Schicken Sie eine Kiste Bushmills an Larry Cash im St. Luke's Hospital. Und Blumen an seine Frau Brenda. Die Adresse finden Sie in der Kartei.«

Dann wandte er sich wieder den Arbeitern zu und rückte seine Krawatte zurecht. »Ich bin Ihr Mann«, sagte er selbstbewußt, »ich werde mich um diese beschissenen Typen kümmern. Machen Sie sich keine Sorgen.«

»Wie ist die Forelle?« fragte Rachel.

Dean zuckte die Achseln. »Schmeckt wie Fisch.«

»Das *ist* Fisch.«

»Ich meine, sie schmeckt wie jeder andere Fisch.«

»Magst du Fisch?« fragte Rachel mit einem Anflug von Verzweiflung.

Dean zuckte erneut die Achseln. »Nicht sehr.«

Rachel schüttelte den Kopf. Sie warf einen Blick zu den umliegenden Tischen. Dann klappte sie ihre Aktentasche auf und zog einen kleinen, dicken Umschlag heraus und legte ihn wortlos auf den Tisch.

Dean öffnete ihn.

In dem Umschlag befand sich eine Videokassette.

»Auf dem Zettel von Brill stand, mehr würdest du nicht brauchen, um Pintero zu überzeugen«, sagte Rachel.

»Wann werde ich ihn kennenlernen?« fragte Dean.

»Pintero?«

Dean schüttelte den Kopf. »Brill.«

»Nie.«

Dean lehnte sich in seinem Sessel zurück. »Ich hatte mir eine andere Antwort erhofft.«

»Was hattest du denn erwartet?«

»Bald. Jedenfalls früher als nie.«

Rachel seufzte. »Brill spricht mit mir. Ich spreche mit dir. Warum kann das nicht so bleiben?«

»Weil es mich nervös macht – jemanden zu engagieren, den ich nicht kenne und zu dem ich keinen persönlichen Kontakt habe.«

Rachel zuckte die Achseln. »Dann tu's eben nicht.«

Deans Blick verfinsterte sich.

Er reichte ihr einen Umschlag. »Zehntausend. Ich weiß nicht, ob Brills Preis gestiegen ist oder deine Provision.«

»Ich nehme fünfzehn Prozent wie immer«, erklärte sie. »Brills Honorar wechselt je nach Risiko. Vielleicht würdest du dich mit jemand anderem wohler fühlen.«

»Jemand anderem als Brill?«

»Jemand anderem als mir.«

»Wieso, was ist denn an dir auszusetzen?«

Rachel sah ihn bedeutungsvoll an. »Unsere gemeinsame Vergangenheit.«

»Ich erinnere mich gern daran«, sagte Dean schlicht. »Ich

mag dich.« Sie sahen einander über den Tisch hinweg an, über den Abgrund, der sie ständig wieder zusammenführte und sie zugleich unwiderruflich voneinander trennte. Rachel riß sich als erste los, sah auf den Umschlag. »Ich mag dich auch.«

»Ich möchte nur sichergehen, daß ich nicht irgend etwas Ungesetzliches tue«, stellte Dean klar.

»Das tust du nicht.«

Dean hob zweifelnd eine Augenbraue.

»Das würde ich nicht zulassen«, versicherte sie.

In einem abgedunkelten Raum schob Dean Brills Videokassette in den Recorder und drückte auf PLAY. Die Männer um ihn herum warteten gespannt darauf, daß er zur Sache kam.

Die Szene, die über den Bildschirm flimmerte, war offensichtlich von einer Überwachungskamera aufgenommen worden. Eine Digitalanzeige in der linken unteren Ecke gab das Datum und die Zeit an. Der Film zeigte eine Party am Swimmingpool eines teuren Hotels. Ihre Teilnehmer waren eine ganze Anzahl vierschrötig wirkender Männer, die sich mit Frauen vergnügten, die wesentlich jünger und hübscher als sie waren.

Die Kamera konzentrierte sich auf das Gesicht eines Mannes. Es war füllig und pockennarbig, aber die Augen ließen Mut und Durchhaltevermögen erkennen. Das Gesicht eines Gewerkschaftsveteranen.

»Das ist Carl Matthews, der Vorsitzende von Ortsgruppe 6650«, sagte Dean mit lauter Stimme, um den Partylärm aus dem Lautsprecher zu übertönen. Daran war nichts auszusetzen – Matthews hatte schließlich das Recht, schwimmen zu gehen und auch seinen Spaß zu haben, oder? »Und dort drüben ...«

Die Kamera schwenkte zu zwei weiteren Männern, die nebeneinander am Pool saßen.

»Dave Early, Sekretär und Schatzmeister der Nationalen Organisation. Hugh Simic, er verwaltet den Pensionsfonds ...« Weitere Gewerkschafter. Bis jetzt war Deans Präsentation belanglos, hätte vielleicht nur die Ehefrauen dieser Männer interessiert –

Bis die Kamera zum nächsten Gesicht kam.

»Und das sind Sie, stimmt's?« sagte Dean höflich zu dem Mann, der neben ihm saß.

Pintero. Er sah so aus, als hätte er am liebsten seine Zigarre zerbissen. Er griff nach der Fernbedienung und schaltete den Videorecorder ab.

»Das bin ich nicht«, knurrte er.

Das Licht ging langsam an. Die Männer im Raum blinzelten, bis sie sich daran gewöhnt hatten. Außer Pintero waren noch Sal, Frankie und zwei weitere Männer da. Alle von der Mafia.

»Tatsächlich?« fragte Dean vergnügt wie immer. »Ist ja großartig. Wo doch Ihre Bewährungsstrafe ausdrücklich verbietet, daß Sie Kontakt mit Gewerkschaftsfunktionären haben. Wenn Sie das wären, würden Sie für weitere fünfzehn Jahre in den Knast wandern.«

Dean lächelte freundlich. Mit einer schnellen Bewegung ließ er die Videokassette aus dem Recorder springen und legte sie in seine offene Aktentasche.

»Ich werde also das Band einfach der Staatsanwaltschaft übergeben, damit die herausfinden, wer das ist...«

»Verdammte Scheiße, was wollen Sie?« fragte Pintero und drückte seine Zigarette aus.

Dean beugte sich vor, bereit zu verhandeln. »Meine Mandanten wollen über diesen Vertrag abstimmen, mit Ja oder mit Nein, ohne Einwirkung von außen. Wenn sie das bekommen, dann wandert dieses Band in meine private Sammlung zu dem Porno aus Hitlers Bunker. Niemand wird es je zu sehen bekommen.«

Pintero stand auf und blickte auf Dean herunter, der alle Mühe hatte, sich keine Unruhe anmerken zu lassen.

Er griff in Deans Aktentasche und nahm die Kassette.

»Sie haben Kopien von diesem Ding?«

»Ja, Sir«, nickte Dean freundlich.

»Wer hat das aufgenommen? Sie?«

»Ich bin Rechtsanwalt. Ich mache keine Videoaufnahmen.«

Pintero wußte, wer Dean war. »Jetzt hören Sie mir zu, Sie verdammter Wichser. Vielleicht rettet dieses Videoband Ihre Arschlöcher von Mandanten, aber Sie wird es nicht retten.«

»Ich weiß nicht, wer es gemacht hat«, erklärte Dean aufrichtig.

»Wo haben Sie es her?«

»Von einem Bekannten. Und der weiß, wer es gemacht hat.«

»Der Wichser hat einen Bekannten«, sagte Pintero höhnisch zu den anderen im Raum. Dann wandte er sich wieder an Dean und herrschte ihn an: »*Wer* ist Ihr Bekannter?«

Dean saß stumm da und sagte kein Wort.

Pintero explodierte nicht. Er schrie nicht. Er schoß nicht auf Dean, packte ihn nicht am Hals und schmetterte ihm nicht den Kopf auf die Tischplatte.

Er tat etwas, was viel schlimmer war.

Er sagte mit gefährlich leiser Stimme: »Ich will wissen, wer diese Aufzeichnung gemacht hat – und zwar in einer Woche. Keine Ausreden.«

Damit ging er zur Tür hinaus.

Dean schluckte, dann erhob er sich langsam und schloß unter den Blicken der anderen Männer seine Aktentasche, schlüpfte in seinen Mantel und ging, nach außen ungerührt, zur Tür.

Einer von Pinteros Männern folgte Dean, scheinbar, um ihn zum Ausgang zu geleiten. Sobald sie vor der Tür standen, legte der Mann plötzlich den Arm um Deans Schultern und grinste, als ob sie fürs Familienalbum fotografiert würden.

»Lächeln«, sagte der Mann dicht an Deans Ohr. »Für das FBI.«

Dean sah sich verwirrt um. Es war früher Morgen. Ruby's Club, der Pintero gehörte und den Dean als Treffpunkt angesetzt hatte, war geschlossen – die Straße war leer, ringsum war niemand zu sehen. Aber dann folgten Deans Augen dem Blick des anderen zu einem Fenster im ersten Stock auf der anderen Straßenseite.

War das eine Kamera?

Der Mafiamann zeigte ihr den ausgestreckten Mittelfinger.

Hinter der Kamera im Gebäude gegenüber hatten zwei FBI-Agenten – ein Mann und eine Frau – die beiden Männer vor Ruby's bemerkt.

»Also, wer ist das?« sagte die Frau – eine Weiße. Sie meinte Dean.

»Sieht nicht aus wie ein Italiener, oder?« schmunzelte der Mann. Er war schwarz, wie Dean. Er drehte sich um und sprach in ein Mikrophon. »Harvey an Eins-Null-Eins. Grauer Anzug in westlicher Richtung. Geh ihm nach und sieh zu, ob du seine Autonummer rausbekommst...«

Dean ging ruhig zu seinem BMW, öffnete die Tür und setzte sich hinters Steuer.

Dann schloß er die Tür, sperrte sie von innen ab und brach einen Augenblick lang zusammen. Er spürte, wie ihn ein Krampf schüttelte, hervorgerufen durch das Entsetzen, das die Männer im Ruby's in ihm ausgelöst hatten – und durch die Wut, die ihre brutale Verbrechermentalität in ihm wachrief, ganz tief in seinem auf Gesetz und Ordnung vertrauenden Wesen.

Dann spürte er, daß er sich wieder im Griff hatte.

Er startete den Motor und fuhr ruhig weg – gab der FBI-Kamera ein Stück weiter oben an der Straße die Chance, sein Nummernschild klar und deutlich abzulichten.

DREI

Sie hatten einen Abschleppwagen geholt, um Hamerslys Mercedes aus dem Wasser zu ziehen.

Seine Leiche war bereits von Polizeitauchern geborgen und weggebracht worden. Trotzdem wimmelte die Umgebung noch von Technikern, Journalisten und den Vertretern verschiedener Polizeibehörden sowie der Parkverwaltung.

Einer von ihnen war der Arbeiter, der an dem Morgen, an dem Hamersly gestorben war, die Radfahrer abgewiesen hatte. Er hieß Bingham und sollte ein Auge auf das Geschehen haben.

Im Augenblick beobachtete er einen Volvo, Baujahr 83, jagdgrün, der auf der Uferstraße an der gegenüberliegenden Straßenseite angehalten hatte.

Bingham sah, wie ein Mann in orangefarbenem Anorak, Shorts und Wanderschuhen aus dem Wagen stieg und zum Wasser hinunterging.

Er ging zu einem verwitterten Holzkasten, der auf einer vielleicht sechzig Zentimeter hohen Stange angebracht war.

So wie es aussah, sperrte der Mann den Kasten auf und klappte den Deckel hoch.

Bingham holte einen Feldstecher heraus. Der Mann in dem Anorak war Ende Zwanzig, weiß, kräftig gebaut und wirkte ein wenig verwahrlost.

Bingham kniff die Augen zusammen und sah zu, wie der Mann etwas, das wie eine Überwachungskamera aussah, aus dem Kasten holte, eine Videokassette entnahm und eine neue einlegte.

Was zum Teufel –?

Bingham richtete seinen Feldstecher auf den Kasten, um dessen Aufschrift zu lesen. NATURRESERVAT stand darauf.

Jetzt war der Mann verschwunden. Nein, da war er wieder – er wiederholte die Prozedur an einem anderen Kasten.

»Du lieber Gott«, flüsterte Bingham entsetzt.

Er versuchte am Ufer entlang zur anderen Seite zu gelangen, mußte aber an einem tiefen Zufluß umkehren.

Für ihn stand fest, daß der Mann mit dem Anorak kein gewöhnlicher Naturfreund war – Bingham selbst war ja schließlich auch kein einfacher Parkarbeiter.

Er zog ein Handy heraus und drückte die Kurzwahl, die ihn mit einer Geheimnummer bei der NSA verband: »Ich brauche einen Zehn-Siebenundzwanzig für einen jagdgrünen Volvo 83, Nummernschilder aus Maryland, Acht-Kilo-Sechs-Drei-Neun-Vier und einen Zehn-Achtundzwanzig über den eingetragenen Besitzer.«

»Eingetragen auf Daniel Zavitz . . . 1631 Sherbourne. Geboren Drei Zwölf Siebenundsechzig.«

In der NSA-Zentrale war es später Nachmittag.

Thomas Reynolds saß in seinem Büro am Rand einer dunklen Ledercouch und hielt den Telefonhörer mit der Achsel ans Ohr gedrückt.

Agent Hicks blieb in der offenen Tür stehen.

Reynolds hob einen Finger und bedeutete ihm zu warten.

»Dick«, sprach er ins Telefon, »ich will keine ›optimistische Schätzung‹. Ich hasse Optimismus. Ich will wissen, wie viele wir haben, die nicht jedesmal ihre Meinung ändern, wenn der Wind umschlägt . . . danke.«

Er legte auf und sah Hicks an.

Hicks atmete tief durch. »Wir haben möglicherweise ein Problem am See.«

Wenige Augenblicke später hatten sie auf Reynolds Computer eine Datei geöffnet.

Ein Bild von Daniel Zavitz' in Maryland ausgestelltem Führerschein füllte den Bildschirm.

»Er ist Naturphotograph und hat einige Fördergelder von den Behörden bekommen«, meldete Hicks. »Er erhält Geld dafür, die Wanderbewegungen der Kanada-Gänse zu beobachten. Oder ihr Ausbleiben. Die Box wird als Versteck bezeichnet. Sie enthält eine bewegungsgesteuerte Digitalkamera.«

Er machte eine kurze Pause und fügte dann hinzu: »Die Kamera ist quer über den See direkt auf die Bootsrampe gerichtet.«

Die beiden Männer verarbeiteten diese unglaublich schlechte Nachricht.

Scheiße, dachte Reynolds. *Und jetzt unternimm etwas.*

»Wir brauchen zwei Techniker mit elektronischem Gerät«, erklärte er Hicks. »Fiedler, rufen Sie Kramer an, er soll uns ein paar Exmilitärs besorgen.«

»Wie beschreibe ich das Projekt?« fragte Hicks.

Reynolds war bereits mit Wählen beschäftigt. »Nennen Sie es einen Ausbildungseinsatz. Einsatzort hier. Stellen Sie eine Verbindung mit der NRO her.«

Hicks grinste zustimmend. »Das ist gut.«

»Fälschen Sie eine FBI-Genehmigung«, fuhr Reynolds fort während er darauf wartete, daß sich am anderen Ende der Leitung jemand meldete. »Und nichts von der ganzen Geschichte geht über diese vier Wände hinaus. Ich habe auch so schon genug Probleme.«

Er deutete mit einer Kopfbewegung auf die Tür. Hicks wußte, daß er den Rest der NSA meinte.

»Selbstverständlich.«

»Und kümmern Sie sich um unseren Vogelfreund«, fügte Reynolds hinzu. »Roger, wie geht's Ihnen?« sagte er dann und lehnte sich zurück; seine Stimme klang plötzlich warm, entspannt und freundlich. »Was machen Sie gerade? Ich wollte mit Ihnen über die Abstimmung sprechen ...«

»Geben Sie mir Kent Island«, sagte Hicks in ein anderes Telefon.

Ein unter Hochspannung stehender Zaun umgab einen Komplex fensterloser Betonbauten, die von Mikrowellenantennen und Satellitenschüsseln gekrönt waren. Eine Tafel neben einer kleinen Wachhütte trug die Aufschrift:

KENT ISLAND FORSCHUNGSINSTITUT
ZUTRITT VERBOTEN
FOTOGRAFIEREN VERBOTEN
ZUWIDERHANDELNDE WERDEN GEMÄSS ARTIKEL 1
DES GESETZES FÜR INNERE SICHERHEIT
STRAFRECHTLICH VERFOLGT

In einem Gebäude saß ein Mann. Seine Hand ruhte auf einer Tastatur, von der ein Kabel zu der Monitorstation führte, die in eine Wand von PCM-Rekordern eingebaut war – Pulscode-Modulationsgeräte, die die Trillionen von Aus-/Einimpulsen zehntausender gleichzeitig übertragener digitalisierter Telefongespräche empfingen, lasen und speicherten, die von Satelliten zur Erde zurückgestrahlt wurden.

In der anderen Hand hielt er den Telefonhörer und sprach.

Fiedler nahm den Anruf von Hicks entgegen.

»Ich brauche eine Abhörung für David Leon Zavitz, 202–555–0108«, kam Hicks Stimme über die Leitung.

»Welche Art Befugnis haben wir?« wollte Fiedler wissen.

»Wir bezeichnen es als P-1 Übungseinsatz, mit FBI-Genehmigung.«

Fiedler betätigte zwei Schalter und gab die Nummer ein.

Von nun an würden sämtliche Gespräche von Daniel Zavitz abgehört werden.

Im NSA-Büro übergaben zwei muskelbepackte junge Männer, die sich mit dem vorschriftsmäßigen Viermillimeterhaarschnitt aller Rekruten zum Verwechseln ähnlich sahen, Hicks ihre Papiere.

Pratt und Bingham waren ebenfalls anwesend. Sie unterschrieben die Einsatzbefehle und musterten die Neuankömmlinge.

»Hübsche Frisur«, bemerkte Bingham.

»Krug und Jones, Sir«, sagte Krug. »Wir waren bei der zweiundzwanzigsten Marineeinsatz-Einheit. Kramer hat uns geschickt.«

Hicks überflog ihre Papiere. »Dreißig Monate in der Bundesstrafanstalt von Marion, Illinois, wegen Tätlichkeiten gegen Ihren Master Sergeant ...? Worum ging es da?«

Jones schnaubte durch die Nase. »Der Typ war ein Arschloch. Er hatte es verdient.«

Krug nickte beifällig.

Die Sonne war am Untergehen. Daniel Zavitz saß entspannt am Fenster seines Apartments im ersten Stock einer Wohnanlage im Südosten der Hauptstadt. Das Fenster war einen Spalt geöffnet und ließ den Duft vom Stand des Würstchenverkäufers unten auf der Straße herein. Die Inneneinrichtung von Zavitz' Apartment hätte man als ›Frühen-College-Schlafsaal‹-Stil bezeichnen können: Mountainbike an der Wand, einige Triathlontrophäen auf einem Regal, ein Allen-Ginsberg-Plakat und ein paar Topfpflanzen, die auf dem Fenstersims standen.

Zavitz war gerade im Begriff, sich auf seinem Computer die Bänder aus den Boxen am See im Eccoquan Park anzusehen, als eine Nachricht im Fernsehen seine Aufmerksamkeit erregte.

»Phillip Hamersly, der republikanische Abgeordnete aus Texas, der den Vorsitz im mächtigen Handelsausschuß führte, starb heute allem Anschein nach an plötzlichem Herzversagen ...«

Zavitz wandte sich wieder seinem Computer zu und sah Gänsen auf dem See beim Landen und Wegfliegen zu.

Dann sah er, wie ein Lincoln am gegenüberliegenden Ufer zum Stehen kam. Zwei Gänse flatterten über das Wasser, von einem Hund aufgescheucht, der mit einem Mann im Mercedes gekommen war.

Hmm ... Zavitz beugte sich vor. *Was soll das denn? Zwei reiche Typen, die sich am See treffen, um miteinander Sandwiches aus der Tüte zu essen?*

Zavitz sah zu, wie sich der Mann aus dem Mercedes sich auf den Rücksitz des Lincoln setzte, anschließend stieg der Fahrer des Lincoln aus. Dann beobachtete er, wie der Mann aus dem Mercedes wieder den Lincoln verließ.

Der Fahrer des Lincoln kam zurück und ...

Zavitz' Augen weiteten sich, als er das Geschehen, das sich vor ihm auf dem Computerbildschirm abspielte, zu begreifen begann. Er sah wie gelähmt zu, wie der Fahrer des Lincoln den Mercedes-Typ in den Schwitzkasten nahm und ihn zu seinem Wagen zerrte.

Und anschließend ...

Er wollte seinen Augen nicht trauen. »Da soll mich doch ...«, murmelte er.

Zavitz war sich nicht bewußt, daß er aufgestanden war und dabei seinen Sessel umgeworfen hatte.

Dann hörte er wieder die Stimme im Fernsehen ... »... von der Polizei als Unfall bezeichnet, will aber gründliche Ermittlungen ...«

Zavitz griff nach dem Telefon und fing an, mit der linken Hand Nummern einzugeben, während die Finger seiner anderen Hand über die Tasten seines Computers huschten.

Während das Telefon klingelte, sah er zu, wie der Bildausschnitt auf dem Schirm sich verkleinerte, bis nur noch ein Gesicht zu sehen war. Er hatte jetzt eine Nahaufnahme des Mannes hinter dem Steuer des Mercedes vor sich.

»Schreckliche Wahrheit«, sagte eine Stimme am anderen Ende der Leitung. Das war Leonard Bloom, ein Romanschriftsteller

um die Fünfzig mit ergrauendem langem Haar, der sich seinen Lebensunterhalt damit verdiente, daß er für das linke Wochenblatt »Schreckliche Wahrheit« bissige Kommentare über die politischen Ereignisse in Washington verfaßte.

»Lenny!« keuchte Zavitz ins Telefon. »Sie werden mir nicht glauben, was ich hier habe ...«

»Zavitz! Das ist ja eine Ewigkeit her! Jagen Sie immer noch Eichhörnchen im Park?« Bloom kannte Zavitz von einer Artikelreihe, die er vor ein paar Jahren verfaßt und mit denen er einen Bauunternehmer in Maryland praktisch in den Ruin getrieben hatte. Am Ende hatte der Mann ein sechzig Hektar großes Areal, das für eine Wohnanlage vorgesehen war, der Naturschutzbehörde gestiftet.

»Lenny, seien Sie still! Ich ...«

»Wissen Sie, ich habe ein Vogelhäuschen in meinen Garten gestellt, aber diese verdammten Eichhörnchen ...« Nicht daß Bloom sich sonderlich für Naturschutz interessierte.

»Lenny! Ich habe den Mord an Phil Hamersly auf Video.«

Aller Sarkasmus war plötzlich aus Lennys Stimme verflogen. So wie Haie Blut wittern, roch Lenny Skandale.

»Hamersly ist an einem Herzinfarkt gestorben«, sagte er ruhig.

»Negativ, negativ«, schrie Zavitz beinahe. »Hamersly ist auf Veranlassung eines aufgeblasenen Schweinehundes, der, wie es aussieht, unter gefährlichen Vitamin-B-Mangel leidet, professionell *ermordet* worden.«

»Wie sind Sie denn –?«

Verdammt. Er kannte die Antwort auf seine Frage. Lenny brach in ein fast hysterisches Kichern aus. »Die verdammten Gänse!«

»Die ein goldenes Ei gelegt haben«, erwiderte Zavitz.

»Oh, Mann! Wissen Sie eigentlich, was wir damit ...?« Die Vorstellung raubte Lenny die Worte. »Wie schnell können Sie es hierherbringen?«

»Ich bin gerade dabei, das Band zu kopieren.«

»Kommen Sie sofort hierher.« Lenny legte den Hörer auf. Eine Sensation! Und der Mann hatte es auf *Band!*

Auf Kent Island hörten Hicks und Fiedler dem Gespräch zu, während die PCM-Anlage jedes einzelne Wort aufzeichnete.

VIER

Reynolds runzelte die Stirn und versuchte, seine Verstimmung vor dem Mann am anderen Ende der Telefonleitung zu verbergen.

»Es steht alles im Bericht ... im Anhang ...«, sagte er ausdruckslos.

Sein Handy machte mit einem Zwitschern auf sich aufmerksam; er schaltete es an, ohne sein Gespräch zu unterbrechen, hörte das vertraute Zirpen, während die beiden geheimen Anschlüsse digital verbunden wurden.

»Hören Sie, ich könnte Ihnen sagen, warum ich glaube, daß es stimmt«, sagte Reynolds in sein Schreibtischtelefon, »aber warum fragen Sie den Kongreßabgeordneten Albert nicht selbst? Da kommt ein Anruf auf der anderen Leitung ... vielen Dank, Mark. Rufen Sie an, wenn Sie irgendwelche Fragen haben.«

Noch ehe der Hörer aufgelegt war, sprach er in das Handy: »Ja, bitte.«

Auf Kent Island hörte Hicks sich das aufgezeichnete Gespräch an, während er redete. »Zavitz spricht mit einem Lenny Bloom, einem ehemaligen Antikriegsaktivisten, der linke Informationsblätter zu verschiedenen politischen Themen verlegt . ... er bringt das Band jetzt in Blooms Büro.«

»Bloom abhören«, sagte Reynolds.

Hicks nickte. »Ist bereits veranlaßt.«

Dean kroch mit seinem Wagen durch den dichten Weihnachtsverkehr und trank einen Cappuccino aus einem Pappbecher, während er sein Handy mit der Schulter ans Ohr preßte. »Ich komme nachmittags nicht mehr ins Büro«, sagte er. Er war von dem Zusammentreffen mit Pintero immer noch durcheinander. »Ich muß mich irgendwie ablenken . . .«

Plötzlich weckte etwas seine Aufmerksamkeit – die Giraffe mit dem fröhlichen Lächeln über der vertrauten Schrift Toys 'Я' Us. Genau das, was Dean jetzt brauchte. »Ich glaube, ich werde ein paar Weihnachtseinkäufe machen«, sagte er und schwenkte in die Abbiegespur ein.

Zavitz trat unruhig von einem Fuß auf den anderen und starrte ungeduldig auf seinen Computer, während der eine Kopie des Videobandes aus dem Versteck erstellte. Seltsam, wie schnell man sich an technische Neuerungen gewöhnte. Erst betrachtete man sie wie ein Geschenk aus der Zukunft – und eine Woche später wartete man ungeduldig darauf, daß das verdammte Ding fertig wurde.

Ein Klopfen an der Tür ließ ihn zusammenzucken.

Er ging hin und blieb ein wenig irritiert davor stehen. »Ja, wer ist da?« fragte er unsicher.

»Danny, ich bin's, Ruthie«, sagte eine hohe Frauenstimme durch die dicke Tür. »Aus dem Parterre. Die haben mir schon wieder mein verdammtes Telefon abgestellt. Darf ich deines benutzen?«

Dannys Blick huschte zu seinem Computer, dann schnitt er eine Grimasse. Noch nicht fertig.

»Äh . . . meines funktioniert auch nicht. Vielleicht ist die Leitung gestört.«

Zavitz sechster Sinn funktionierte besser, als er wissen konnte. Ruthie war im ganzen Haus als Junkie bekannt – und diese Abhängigkeit machte sie zu einer rücksichtslosen Opportunistin, die nur für den Augenblick lebte und der das Wohlergehen ihrer Mitmenschen vollkommen gleichgültig war.

So auch jetzt, als drei Typen in Anzügen plötzlich bei ihr aufgetaucht waren und sie um eine kleine Gefälligkeit gebeten hatten. Ob sie vielleicht Mr. Zavitz im ersten Stock dazu bringen könnte, ihr aufzumachen – sie wollten ihn bloß überraschen, sie waren alte Freunde. Außerdem würde für Ruthie was rausspringen, falls sie ihnen behilflich war.

Okay, okay, hatte sie gebrummelt.

Ruthie konnte nicht wissen, daß einer der Typen Thomas Brian Reynolds Fahrer war und erst vor kurzem den republikanischen Abgeordneten Phillip Hamersly getötet hatte. Oder daß die beiden militärisch aussehenden Typen Jones und Krug waren, die von Reynolds eingesetzt wurden, um dafür zu sorgen, daß das Abhörgesetz alle parlamentarischen Hürden nahm.

Pratt zwinkerte ihr zu. »Versuch's noch mal, Ruthie.« Krug fingerte an seinem elektronischen Dietrich herum und lächelte.

Diese Typen erinnerten Ruthie an ihren verdammten Dealer. Sie wandte sich wieder der Tür zu. »Könntest du mir vielleicht ein wenig Kleingeld leihen, Mann?« bat sie. »Ich muß Dr. Mike von der Telefonzelle aus anrufen.«

»Einen Augenblick noch«, hielt Zavitz sie hin und starrte dabei seinen Computer an. Die Kopie war noch nicht fertig. Was soll's, dachte er sich – eigentlich benahm er sich ziemlich paranoid. Schließlich war das bloß Ruthie, und die war viel zu bekifft, um sich für seinen Computer zu interessieren. Er ging an die Tür, um sie einzulassen.

Aber irgend etwas ließ seine Hand innehalten – wenige Zentimeter vom Türknopf entfernt.

Anstatt Ruthie die Tür zu öffnen, ging er in den hinteren Teil seines Apartments, wo es einen schmalen Notausgang gab, und öffnete die Tür einen Spalt.

Ruthie stand vor seiner Tür und gab jemandem hinter ihr ein Zeichen, noch einen Augenblick zu warten. Zavitz konnte nicht erkennen, wer das war – aber das war auch gar nicht erforderlich. Er schob die Tür vorsichtig wieder zu.

Dann ging er leise ans Fenster und spähte hinaus. In dem Schaufenster auf der anderen Straßenseite spiegelte sich der Eingang zu seinem Gebäude.

Scheiße! Zwei Typen hielten auf der Treppe andere Leute auf – Leute, die er als Mieter seines Apartmentgebäudes erkannte – und hinderten sie daran, das Gebäude zu betreten. Einer der Männer sprach in ein Handy oder Walkie-Talkie.

Das sah gar nicht gut aus.

Zavitz trat vom Fenster zurück. Er griff nach seinem Telefon ... tot.

Er überprüfte seine Faxleitung.

Tot.

Oh, Mann!

Sein Blick huschte zurück zur Wohnungstür, dann zu dem Notausgang ... ein winziger Glasfaserdraht schlängelte sich unter dem Notausgang hindurch.

Zavitz mußte seine ganze Beherrschung zusammennehmen, um nicht durchzudrehen, zwang sich wegzusehen, damit die winzige Kamera nicht registrieren konnte, daß er sie bemerkt hatte.

Fast hätte er einen Satz gemacht, als sein Computer piepte.

Die Kopie war fertig.

Er trat an seinen Computer und schob den Stuhl weg, versperrte damit der Kamera teilweise die Sicht. Anschließend warf er die Diskette aus. Er nahm sich einen Gamemaster vom Schreibtisch, steckte ihn zusammen mit der Diskette ein und ging ruhig, aber zielsicher auf ein Fenster zu.

Gleich darauf stand Zavitz draußen auf der Feuerleiter.

Alles und jeder reagierte.

Pratt schob den elektronischen Dietrich in Zavitz' Schloß. Krug platzte ins Zimmer, sah sich schnell um und blieb am offenen Fenster stehen.

Er beugte sich hinaus. Niemand zu sehen. Dann blickte er nach oben. »Drei-Null-Acht, der haut ab. Ich brauche ein Echtzeitbild von Breite achtunddreißig Grad, fünfundfünfzig Minuten, Länge siebenundsiebzig Grad, null Minuten.«

Zavitz hetzte die Eisentreppe hinauf, nahm drei Sprossen auf einmal und sprang auf das Dach. Er befand sich in ausgezeichneter Kondition und raste wie ein Sprinter auf der Aschenbahn über das Dach.

Als er über sich den Rotorlärm eines Helikopters hörte, blickte er auf, zögerte kurz und rannte weiter bis er auf der Maschine das Logo einer Fernsehstation entdeckte.

Aber die Leute in dem Helikopter waren keine Reporter. Sie waren von der NSA. »Drei-Null-Fünf an Drei-Null-Acht«, meldete Davis, der für Reynolds tätig war. »Wir haben Sichtkontakt.«

Zavitz rannte weiter, dicht gefolgt von Krug. Als er sich der Gebäudekante näherte, wurde er schneller.

»Er springt!« schrie Davis.

Mit einem mächtigen Satz flog Zavitz' lange, schlanke Gestalt über den Abgrund auf das Dach des Nebengebäudes. Er kam hart auf, rollte seinen Körper auf der mit Kies bedeckten Dachfläche ab, war dann wieder auf den Beinen und rannte weiter.

Krug kam fluchend wenige Zentimeter vor dem Rand zum Stehen; bei solch einem Sprung mußte er passen.

»Er ist jetzt nebenan!« bellte Krug in sein Mikrofon, während er auf die Treppe zurannte. »Er ist jetzt auf der anderen Seite der Achten Street!«

Zavitz, dessen Atem immer noch gleichmäßig ging, hastete die Feuertreppe hinunter. Im zweiten Stock fand er eine offene Tür und rannte ins Gebäude.

Krug war inzwischen im Erdgeschoß von Zanitz' Haus und schoß auf die Straße, rannte nach Norden, wurde über seinen Kopfhörer laufend von Zavitz' Bewegungen informiert.

Ein Reparaturwagen der AT&T Telefongesellschaft rollte die Straße hinunter. Seth, ebenfalls im Auftrag Reynolds tätig und Leiter der Jagd auf Zavitz, sowie ein junger Techniker studierten ihre Monitore, die eine ganze Innenwand des Wagens einnahmen und ihnen verschiedene Standortbilder der Umgebung sowie die Luftansicht von der Kamera des Helikopters lieferten.

»Wo ist er? Drei-Elf, Drei-Null-Fünf...?«

Davis meldete aus dem Helikopter. »Er ist ins Haus gerannt...«

»Ich bin hier, ich bin hier...« meldete Pratt atemlos, während er auf das Gebäude zuhetzte.

Sekunden später schoß Zavitz aus der Bar im Erdgeschoß.

»Ich habe ihn!« schrie Pratt nur wenige Meter von ihm entfernt.

Aber Zavitz raste geradewegs in den dichten Verkehr hinein, hetzte im Zickzack zwischen den wild hupenden Fahrzeugen hindurch, schlug Haken wie ein gehetzter Hase.

»Ich bin hinter ihm«, meldete Pratt, und seine Augen folgten Zavitz, der gerade in einem Laden verschwand. »Er ist jetzt in Ahmads TV.«

Zavitz hetzte durch das Durcheinander, mit dem der Elektronikladen vollgestopft war. Der erschreckte Verkäufer riß beide Hände in die Höhe und entschuldigte sich in seiner Muttersprache, während Zavitz an ihm vorbei in den Lagerraum schoß und hinten wieder hinausrannte.

In der Seitengasse bog er nach rechts ab und sah sich plötzlich Pratt, Krug und Jones gegenüber.

Verdammt! Er drehte sich um und entdeckte den Hintereingang zu Trashy's Boutique.

Ehe Pratt, Krug oder Jones einen Ton herausbrachten, war Zavitz durch die Tür verschwunden.

Dean nahm die schwere Einkaufstüte von Toys 'Я' Us in die andere Hand, klemmte sich die Aktentasche unter den Arm und versuchte weltmännisch zu wirken, während er das Warenangebot von Trashy's studierte. Das war nicht leicht.

Trashy's war eine Wäscheboutique, die sich auf jene Art hauchdünner, spitzenbesetzter Kleidung spezialisiert hatte, wie

Dean sie an Carla nachts in ihrem Schlafzimmer durchaus schätzte. Hier, in dem hell erleuchteten Laden, fühlte er sich entschieden unbehaglich.

Besonders die Winzigkeiten aus Seide und Spitze, die Modells zur Schau stellten – junge, gut gebaute Frauen, die im Laden auf und ab gingen, machten ihn verlegen.

»Kann ich Ihnen behilflich sein?«

»Was?« Dean zuckte zusammen wie ein kleiner Junge, den man mit der Hand in der Bonbondose erwischt hat, und hätte beinahe seine Spielzeugtüte und seine Aktentasche fallen lassen.

Die erfahrene Verkäuferin übersah höflich seine Verlegenheit. Dean preßte seine Aktentasche an die Brust. »Haben Sie etwas gesehen, was Ihnen gefällt?«

»Ich bin verheiratet«, platzte Dean heraus. »Ich habe eine Frau.«

Die Verkäuferin warf ihm einen verständnisvollen Blick zu, dann ein mitfühlendes Lächeln und sagte mit beruhigender Stimme: »Schön für Sie.«

»Ich bin hier als Weihnachtsgeschenk«, brach es aus Dean heraus. »Ich meine, um ein Weihnachtsgeschenk zu *kaufen.*«

»Für Ihre Frau.«

»Mehrere Jahre verheiratet«, betonte Dean.

»Sie würden gerne Dessous für Ihre Frau kaufen ...«

»Sie hat es mir erlaubt!« erklärte Dean schnell.

Die Verkäuferin nickte und führte ihn an ein Regal. »Möchten Sie sich etwas von Christian Dior ansehen?«

Dean schluckte und lächelte dann entschuldigend. »Ich habe darin keine große Erfahrung.«

»Tatsächlich?« Dean bemerkte, daß die Frau nicht sonderlich überrascht schien.

»Verstehen Sie mich nicht falsch«, beeilte er sich zu erklären. »Sonst besorgt meine Frau selbst ihre Dessous.«

Die Verkäuferin lächelte bloß. »Welche Größe?«

»Acht. Größe Acht.«

Die Verkäuferin machte kehrt. »Ich bin gleich wieder da.«

»Äh, danke ...«, rief Dean ihr nach, während sie hinter einem Regal mit spitzenbesetzten Teilchen verschwand. Dean wußte nicht, was es genau war. Er würde es gern herausfinden.

Dean entspannte sich und ließ seinen Blick in dem Laden herumwandern. Alles, was er sah, wirkte weich. Und seidig. Und feminin.

Dean stutzte. Mit Ausnahme dieses verschwitzten, langhaarigen Burschen in dem orangefarbenen Anorak. Er wirkte hier noch deplazierter als Dean.

Und dann, als der Mann auf ihn zukam, dämmerte es ihm plötzlich.

»Zavitz!«

Der Mann erstarrte, sah Dean fragend an.

Ja, das ist er tatsächlich, dachte Dean und nickte befriedigt. *Ich vergesse nie ein Gesicht.*

Zavitz starrt ihn bloß verständnislos an.

»Danny Zavitz«, sagte Dean und grinste. »Ich bin's, Bobby Dean.« Dean setzte wieder eine ernste Mine auf, versuchte Zavitz auf die Sprünge zu helfen. »Beschluß: Die Vereinigten Staaten sollten einseitig vierzig Prozent ihrer Nuklearwaffen abrüsten«, erklärte Dean mit fester Stimme. Dann schmunzelte er. »Du warst Pro, ich war Contra. Du hast gewonnen. Debattierclub, Finalrunde. 1988.«

»Bobby Dean ...«, murmelte Zavitz.

»Jetzt hast du es erfaßt«, schmunzelte Dean und schlug seinem lang verschollenen Studienkollegen auf die Schulter.

Zavitz sah sich panikerfüllt um. »Oh, verdammt ...«

Hicks kam gerade durch die hintere Tür hereingeschossen, hatte allerdings Zavitz bis jetzt noch nicht entdeckt.

»Hilf mir, Bobby«, keuchte Zavitz.

»Du meinst als Anwalt?« fragte Dean, dem noch nicht bewußt war, daß jemand Jagd auf Zavitz machte. Er zog lächelnd eine Visitenkarte heraus und reichte sie Zavitz. »Hier.«

Zavitz stopfte die Karte irritiert in seine Hemdtasche. Seine Augen irrten gehetzt hin und her.

Jetzt begriff Dean. Zavitz war völlig durcheinander. Und nicht etwa wegen der Seidendessous.

Er legte Zavitz die Hand auf den Arm, und seine Stimme klang jetzt ernst. »Geht es dir nicht gut?«

»Was halten Sie davon?« Das war die Verkäuferin, die inzwischen zurückgekehrt war.

Deans Kopf fuhr herum und sah die vorgeschlagene schwarze Seidenwäsche, die ein wohlgebautes Modell zur Schau stellte.

»Hey«, sagte er, kurzzeitig abgelenkt. »Das gefällt mir.«

»Becky trägt ein schwarzes Futteralkleid mit dazu passendem Strumpfband von Dior«, rezitierte die Verkäuferin.

Dean war sichtlich fasziniert. Er hatte einige Mühe, sich seinem Freund zu widmen, der offenbar Probleme hatte. »Großartig, wirklich sehr schön, *wow*. Nur einen ... Becky, gehen Sie nicht weg, ich bin gleich wieder da.« Er wandte sich seinem Schulfreund zu. »Daniel?«

Dean blickte sich um. Danny Zavitz war verschwunden.

Er drehte sich um und sah die Verkäuferin und die reizende Becky fragend an. »Da war doch gerade noch jemand.«

Er war so verwirrt, daß er Pratt nicht quer durch all die BHs, Slips und Höschen zur Tür hinausrennen sah.

Zavitz schoß in die untergehende Sonne hinaus und entdeckte drei Männer – Jones, Krug und Bingham – zu seiner Rechten, bereit, sich auf ihn zu stürzen.

Er bog nach links und rannte so schnell er konnte, wußte, daß der Mann bei Trashy's – Pratt – nicht weit hinter ihm war. Ein Teil seines Bewußtseins registrierte das Heulen nahender Sirenen, wahrscheinlich die Feuerwehr. Aber er brauchte die Polizei; wo waren die Bullen?

Zavitz wußte, daß er gut in Form war. Aber eine ganze Menge

Typen waren hinter ihm her. Um die alle abzuschütteln, brauchte er viel Glück.

Drei Läden weiter erspähte Zavitz einen behelmten Fahrradkurier, der sich gerade niederkauerte, um sein Mountainbike an eine Verkehrstafel anzuketten.

Perfekt.

Zavitz hetzte auf den Mann zu und entriß ihm das Fahrrad nur Momente vor dem Einklicken des Schlosses. Schwungvoll setzte er die Reifen auf die Straße und sprang in den Sattel. Geschickt hochschaltend schoß er im dichten Verkehr davon.

Er wußte, daß sie immer noch hinter ihm her waren. Er konnte sie förmlich spüren.

Aber beinahe hätte er gegrinst.

Er hatte heute kein Triathlontraining vorgehabt – aber auf genau das lief es hinaus.

Er wußte, daß er gewinnen konnte.

Zavitz trat in die Pedale, wurde schneller bis zu der Einmündung kam, wo die schmale Parallelstraße, auf der er sich befand, an der Hauptstraße endete.

Er versuchte sich durchzuschlängeln, hoffte, über den Mittelstreifen springen zu können. Aber ein Zaun versperrte ihm den Weg.

Verzweifelt machte Zavitch kehrt, jagte auf der anderen Seite dem herankommenden Verkehr entgegen.

Pratt, Krug und gleich darauf Jones flankten über die Mauer und hetzten zu Fuß hinter Zavitz her, während der Sirenenlärm immer lauter wurde.

Zavitz entdeckte eine Lücke im Verkehr und bog hart nach rechts ab.

Das Heulen der Sirene wurde jetzt vom Wind in seinen Ohren übertönt, vom Brüllen in seinem Kopf: Er sah den Feuerwehrwagen, der sechzig Meilen in der Stunde durch die Querstraße auf ihn zuraste nicht.

Der Fahrer des Feuerwehrwagens hielt den Atem an, als

plötzlich aus dem Nichts der Radfahrer vor seiner Windschutzscheibe auftauchte.

Er konnte nicht einmal mehr schreien, geschweige denn reagieren, um den Feuerwehrwagen abzubremsen.

Das Auto rollte einfach über ihn weg. Drückte ihn platt wie eine Bierdose.

Ein paar Leute auf der Straße drehten sich um und starrten wie gebannt auf das, was sich soeben abgespielt hatte – es war eine dieser schrecklichen Tragödien, mit denen man in der Stadt jeden Tag rechnen mußte.

Augenblicke später kam Dean aus Trashy's Wäscheboutique heraus. Er hoffte, Danny Zavitz einzuholen. Daß der Mann ernsthafte Probleme hatte, war ihm klar. Vielleicht konnte Dean mit ihm reden, ihm irgendwie helfen.

Dean blickte die Straße hinauf und hinunter, sah die Menschenmenge zu seiner Linken.

Beunruhigt ging Dean auf die Ansammlung zu. »Was ist passiert?« fragte er einen Mann am Rand der Menschentraube. Der schüttelte den Kopf. »Einen Radfahrer hat's erwischt.«

Deans Schritte wurden schneller, er schien zu spüren, daß das Geschehen mit der bizarren Begegnung im Dessousladen in Verbindung stand.

Wie erstarrt blieb er stehen, als er Danny Zavitz' Körper auf der Straße liegen sah.

Scheiße, dachte er. Wenn er ihm nur zugehört, ihn einen Augenblick lang aufgehalten hätte ...

Dean spürte Übelkeit in sich aufsteigen. Er wandte sich ab und bemerkte nicht, wie ein Mann neben die Leiche trat und ganz beiläufig ihre Taschen durchsuchte.

Und registrierte auch nicht, daß er eine Visitenkarte – Robert Deans Visitenkarte – aus der Hemdtasche des Toten zog.

FÜNF

Als Dean seinen BMW in die Garage fuhr, war es bereits dunkel.

Er schaltete den Motor ab, blieb aber noch eine Weile im Wagen sitzen, immer noch von dem Gedanken an Danny Zavitz' Leiche erschüttert. Schließlich öffnete er die Tür und stieg aus.

Mit Einkaufstüten und seiner Aktentasche beladen ging er ins Haus. Im Wohnzimmer schüttelte er den Kopf über das vertraute Bild, das sich ihm bot. Sein achtjähriger Sohn Eric und Erics Freund Dylan klebten fasziniert an seinem Großbildschirm und machten Videospiele. Erics Daumen, die aufgeregt über die Kontrollknöpfe der Steuerung huschten, waren das einzige erkennbare Lebenszeichen der beiden.

Sein überbezahltes Kindermädchen lümmelte in einem Sessel, völlig in ein Frauenmagazin versunken, dessen Schlagzeilen Sex, Drogen und Kartoffelpfannkuchen verhießen. Er würde sich später mit ihr unterhalten.

»Hey, wie läuft's, Jungs?« begrüßte er die Jungen.

»Hi, Dad.«

»Hi, Mr. Dean.«

Ihre Augen ließen den Bildschirm keine Sekunde los. Sie klangen wie zwei Roboter, die darauf programmiert waren zu antworten, wenn Dean das Zimmer betrat.

»Entschuldigung. Bin ich im falschen Haus?« rief Dean aus. »Gibt es hier nicht einen achtjährigen Jungen, gutaussehend, etwa sooo groß, der angeblich mein Sohn ist?«

Eric zuckte nicht einmal mit der Wimper. »Nee.«

Dean entschloß sich zu einem gewagten Schritt:

Er trat vor den Fernseher.

»Hey, *Dad!*«

»Mr. *Dean!*«

»Aus dem Weg!« klagten beide Jungen.

Plötzlich wurden Erics Augen wach. »Sind das meine Weihnachtsgeschenke?«

Dean grinste. »Ein paar.«

»Darf ich sie aufmachen?«

»Aber klar. Sieh sie dir an.«

Der Junge sah seinen Vater mit zusammengekniffenen Augen argwöhnisch an. »Wirklich?«

»Im Traum vielleicht.«

»Da-a-ad . . .«

Dean schmunzelte. In diesem Alter konnten Jungen die einsilbige Bezeichnung für ihren Erzeuger in einen mehrsilbigen Klagelaut verwandeln.

»Bleibst du zum Abendessen da?« fragte er Dylan, während er seine Tüten auf einen Stuhl legte.

»Darf ich?« fragte Dylan.

»Hast du Geld?«

Eric verdrehte die Augen und klärte seinen Freund auf: »Er macht nur Spaß.« Anschließend informierte er seinen Vater: »Ich werde heute bei Dylan schlafen, okay?«

»Hast du deine Mutter gefragt?«

Eric zuckte die Achseln, inzwischen wieder ganz vom Bildschirm gefesselt. »Wollt' ich ja. Aber sie hat den Fernseher angebrüllt.«

Immer das gleiche, dachte Dean, überließ seinen Sohn dem Videospiel und machte sich auf die Suche nach seiner Frau. *Was wird es diesmal sein?*

An der Schwelle zu ihrer funkelnden, hypermodernen Küche blieb er stehen und sah sie mit verschiedenen Töpfen und Pfannen, die auf dem Herd dampften und brodelten, hantieren. Sie starrte finster auf den kleinen Fernseher an der Wand. Das Gesicht des Kongreßabgeordneten Albert war auf dem Bildschirm zu sehen; er wurde gerade von einem Nachrichtensprecher zum Anti-Terrorismusgesetz interviewt.

»Sehen Sie, Jim«, sagte Albert gerade, »nach dem Bombenattentat in Oklahoma City hat niemand sich Sorgen um die Bürgerrechte gemacht, sondern um tote und verletzte Kinder.« Die Kamera zeigte ihn jetzt in Nahaufnahme, und der Kongreßabgeordnete sah dem Fernsehzuschauer direkt in die Augen. »Wir müssen imstande sein, uns mit Terroristenanschlägen zu befassen, ehe es dazu kommt«, sagte er mit einem Brustton der Überzeugung.

Carla Dean war sichtlich anderer Ansicht, ihre beiden Hände fuhren hoch. »Und was ist mit dem vierten Verfassungszusatz!« brüllte sie den Fernseher an. »Sofern davon überhaupt noch etwas übriggeblieben ist.«

Dean schmunzelte und trat ein. »Hey.«

»Hör dir diesen faschistischen Schwätzer an!« rief Carla und drohte dem unschuldigen, kleinen Fernsehgerät mit einem verklebten Löffel.

»Hm«, machte Dean, holte Milch und Orangensaft aus dem Kühlschrank und stellte die Kartons neben dem Mixer auf die Theke.

»Unser Verständnis von Gesetz und Sicherheit muß sich den im Wandel begriffenen technischen Gegebenheiten und der im Wandel begriffenen Weltpolitik anpassen...« fuhr Congressman Albert fort.

»Da hat er nicht unrecht«, sagte Dean, der eine Banane schälte. Carla reichte ihm eine Dose mit Proteinen.

»Bobby!«

»Na ja, hundertprozentig natürlich nicht, aber...«

»Der will uns jede Privatsphäre nehmen und...«

Brrrrr! Dean sah seine Frau mit einem unschuldigen Lächeln an, während der Mixer einen Augenblick lang ihre Tirade unterbrach.

Carla wartete ungeduldig, bis er den Mixer abschaltete. »Willst du, daß man *dein* Telefon anzapft?«

Dean nahm einen Schluck direkt aus dem Mixbehälter und meinte dann: »Ich habe ja nicht vor, etwas in die Luft zu jagen.«

»Und woher wissen wir das, solange wir nicht alle deine schmutzigen, kleinen Geheimnisse kennen?« konterte Carla.

»Vertrau mir einfach.«

»Ich weiß«, spottete Carla und rührte heftig in einem ihrer Töpfe. »Wir zapfen bloß Verbrecher an. Die Bürgerrechte anständiger Leute heben wir nicht auf.«

»Richtig.«

»Und wer entscheidet, zu welcher Kategorie jemand gehört?« wollte Carla wissen.

Dean grinste. »Ich denke, das solltest *du* tun«, neckte er sie.

Carla schnaubte und schüttelte den Kopf über ihren gutaussehenden Mann, der sie manchmal zur Verzweiflung treiben konnte. »Bobby, kannst du nicht *einmal* etwas ernst nehmen?«

»Baby«, erwiderte er liebevoll, »du nimmst es doch schon für uns beide ernst genug.« Er setzte den Deckel auf den Mixer und schaltete ihn noch einmal an. Klumpen konnte er nicht leiden. Die Banane brauchte noch ein paar Sekunden, bis sie schaumig geschlagen war.

Während das Brummen des Geräts die Küche erfüllte, liefen die Ereignisse des Nachmittags noch einmal wie ein Film in seinem Kopf ab. Ein Film mit einem traurigen Ende.

Er schaltete den Mixer aus.

»Erinnerst du dich an Daniel Zavitz? Er war mit uns in Georgetown.«

Seine Frau runzelte die Stirn, versuchte sich zu erinnern.

»Wir waren achtundachtzig im Finale des Debattierclubs. Er hat gewonnen.«

Carla zuckte die Achseln. »Ja, ganz vage.«

»Ich habe ihn heute gesehen.«

»Wie geht es ihm?«

»Er ist tot.«

Carla warf Dean einen besorgten Blick zu.

»Er ist praktisch vor meinen Augen von einem Feuerwehrwagen überfahren worden«, erklärte Dean.

»Du lieber Gott . . .«

Dean nickte langsam und starrte auf den Inhalt des Mixbechers. »Ich habe ihn in . . .«

Er hielt inne. »In diesem Laden gesehen. Er wirkte vollkommen durchgedreht.«

»Worüber?«

Dean zuckte die Achseln. »Das weiß ich nicht. Er ist hinausgerannt, ehe ich ihn fragen konnte. Und eine Minute später war er . . .«

Dean stellte den Mixer unsanft auf der Theke ab, als die schreckliche Erinnerung ihn erneut überkam.

Carla trat neben ihn. »Oh, Baby . . .«, murmelte sie und legte die Arme um ihn. Dann flüsterte sie: »Ich liebe dich so sehr.«

Dean umarmte seine Frau und drückte sie an sich. *Das tat gut.* »Und von dem Gangster, der heute nachmittag gedroht hat, mich umzubringen, habe ich noch gar nichts erzählt.«

Carla ließ die Arme sinken. »Sehr komisch.«

»So, findest du?« Dean ließ sie los und trat einen Schritt zurück. »Ich ziehe mich jetzt zum Abendessen um.«

»Augenblick«, sagte Carla, bemüht, die Stimmung etwas aufzulockern. Sie wußte, daß er Weihnachtsgeschenke eingekauft hatte. »Was hast du mir gekauft?«

»Einen Toaster«, erklärte Dean todernst. Er riß seine Krawatte herunter. »Und keine Gespräche über Terroristen beim Abendessen. Du machst Eric angst.«

»Und er warf Satan in eine tiefe Grube . . .«

Reynolds Stimme hallte durch das Klassenzimmer. Sie hatten das ganze Gebäude für sich – Reynolds abendlicher Bibelkreis

»... und schloß ihn ein, damit er die Nationen nicht mehr täuschen konnte, bis die tausend Jahre zu Ende waren. Aber danach muß er wieder für kurze Zeit freigelassen werden.«

Er lächelte, hatte seinen Spaß an dem Rätsel, das in der letzten Zeile lag. Satan, der größte Bösewicht aller Zeiten – man fängt ihn ein, aber dann läßt man ihn wieder frei.

»Aus den Offenbarungen«, sagte eine Frau, die in einer der Schulbänke saß.

»Das ist richtig, Mrs. Burdick«, sagte Reynolds mit einem lobenden Lächeln. »Was mir hier gefällt, ist, daß die Bibel keine Erklärung gibt. Man sagt uns nicht, *warum* Satan wieder freigelassen werden muß. Was denken wir?« Er lehnte sich an das Pult des Lehrers und sah sich fragend im Raum um, bis sein Blick an Mr. O'Brian hängenblieb. Die Antwort des Wissenschaftlers würde interessant sein. »Mr. O'Brian?«

»Nun«, begann der langsam, überlegte, »vielleicht soll das heißen, daß das Böse ein fundamentaler Aspekt der Welt ist. Darin liegt vielleicht eine Andeutung von Manichäismus, aber ...«

Das leise Klingeln eines Handy ließ ihn innehalten. Reynolds meldete sich und richtete sich dann auf. Er wehrte mit einer Handbewegung die fragenden Blicke seiner Zuhörer ab, und ging auf die Tür zu. »Nein, fahren Sie nur fort, ich bin gleich wieder da.«

Mr. O'Brian fuhr fort: »So wie es eine große chemische Vielfalt braucht, um Leben hervorzubringen, ist vielleicht eine moralische Vielfalt im spirituellen Bereich erforderlich, um ...«

Mehr konnte Reynolds nicht hören, als er die Tür schloß und den Korridor hinunterging.

In einem abhörsicheren NSA-Raum wartete Hicks, bis die Leitung stand. Vor ihm zeigte ein Bildschirm eine Aufzeichnung von Robert Deans Begegnung mit Daniel Zavitz.

Dann bestätigte ihm ein Piepton, daß sie miteinander verbunden waren.

»Ich bin hier«, sagte Reynolds.

»Zavitz ist aus dem Spiel«, meldete Hicks. »Und Lenny, der von der Zeitung, auch.«

»Was ist mit dem Band.«

»Wir haben das Original in Zavitz' Wohnung gefunden«, sagte Hicks.

Reynolds wurde einen Augenblick lang durch seine beiden Leibwächter abgelenkt. Sie machten Muskelübungen, um sich die Zeit zu vertreiben. Reynolds rieb sich kurz Augen. Sie waren wie Kinder – ihre ruhelose Energie wirkte auf ihn erschöpfend. »Das Original?« fragte er.

»Es gab eine Kopie.«

»Eine Kopie?« wiederholte Reynolds.

»Ja, ich glaube schon.«

»Sonst noch gute Nachrichten?« sagte Reynolds trocken.

»Er hat es nicht bis zu der Zeitung geschafft«, meldete Hicks, »aber es gab Kontakte im Privatsektor.«

»Wen?« wollte Reynolds wissen.

»Einige unbestimmte und einen Primärkontakt.« Er griff nach der weißen Geschäftskarte und las vor. »Robert Dean.« Er hatte sich bereits über die wichtigsten Einzelheiten informiert. »Anwalt für Arbeitsrecht. Lebt in Georgetown, verheiratet mit Carla Dean, ebenfalls Anwältin.«

»Dann wollen wir herausfinden, was Mr. Dean weiß«, entschied Reynolds und seufzte dann. »Mir ist es weiß Gott unangenehm, das an Weihnachten machen zu müssen.«

»Ich werde Fiedler anrufen«, schlug Hicks vor.

Reynolds schaltete einfach ab. Das reichte als Zustimmung. Sollten die das erledigen.

Hicks wählte eine Nummer.

Sekunden später nahm draußen im Weltraum ein Fernmeldesatellit das Signal zusammen mit einer Million anderer Signale auf, verstärkte es und spiegelte es zur Erde zurück.

Zur National Security Agency in Fort Meade, Maryland – einem wuchtigen Gebäudekomplex, der mit Stacheldraht und Überwachungskameras geschützt war. Der Empfänger des Anrufs befand sich auf dem Dach eines Gebäudes, das in großen Lettern die Aufschrift NSA BLDG. 27 trug.

In dem Gebäude saß ein Mann vor einer mit Plakaten bedeckten Wand. Eines davon trug die Aufschrift:

SCHLÜSSELLOCH, SERIE 12
GOTT VERTRAUEN WIR
ALLE ANDEREN ÜBERWACHEN WIR

Ein weiteres Plakat zeigte den Schatten eines laufenden Mannes im Fadenkreuz einer Zieloptik. Es trug den Text

SIE SIND EIN SICHERHEITSZIEL

Der Mann meldete sich, als das Telefon klingelte.

»Fiedler«, war die Stimme Hicks zu hören. »Wir brauchen einen kompletten Bericht – FINCEN, EPIC und DRD über Robert Clayton Dean, Sozialversicherungsnummer 986-26-0901.«

»Übungseinsatz, was?« sagte Fiedler.

»Rufen Sie die Keyhole-Dateien auf«, wies Hicks ihn an.

Die NSA verfügte über das notwendige Personal, um solche Dinge schnell zu erledigen. Während Fiedler noch mit Hicks telefonierte, hastete bereits ein Mitarbeiter an endlosen Bürozellen vorbei, einen Aktendeckel mit dem Aufdruck

TOP SECRET – UMBRA
NUR ÜBER COMINT-KANÄLE BEARBEITEN
NUR PERSÖNLICH ÜBERGEBEN – KEINE KOPIEN

in der Hand.

Er blieb vor einer kleinen Zelle stehen und übergab den Aktendeckel einem Analysten, der an einem Terminal in der

Nähe eines Netzhautscanners arbeitete. Über seinem Schreibtisch hing das Plakat:

IN EINER DIGITALEN WELT
ZAHLEN LÜGEN NICHT – MENSCHEN SCHON

Der Blick des Analysten fiel auf den Aktendeckel und registrierte sofort die hohe Dringlichkeitsstufe. Er klappte den Aktendeckel auf und las seine Anweisung: ein Profil über Robert Clayton Dean.

Der Analyst tippte die Sozialversicherungsnummer in seinen Computer ein. Der Rechner loggte sich unverzüglich in das Netz ein und trug die elektronischen Bruchstücke von Deans Identität zusammen:

Steuererklärungen, Kreditkartenkäufe, geliehene Videobänder, Abhebungen von Geldautomaten, Deans und Carlas Führerscheine und Paßphotos.

Unterdessen suchten Hicks und Fiedler in anderen Quellen nach geheimen Informationen.

»Werfen wir einen Blick auf seine Telefonrechnung«, ordnete Hicks an. »Ich will wissen, mit wem er telefoniert.«

Fiedler erledigte das mit wenigen Tastenanschlägen. Telefonrechnungen huschten mit schwindelerregender Geschwindigkeit auf seinem Bildschirm vorbei. Fiedler bediente die Tastatur noch einmal und sah zu, wie die Nummern sich nach Häufigkeit gruppierten.

Anschließend wurden die ersten zwanzig Nummern identifiziert: Namen, Personalausweise, Photos der Teilnehmer.

»Oh, Mann«, machte Fiedler. »Sieh sich das einer an . . .«

»Wer?« wollte Hicks wissen.

»Rachel Banks«, Fiedler schnaubte. »Von *der* würde ich mir gern mein Leben ruinieren lassen.«

»Querverweise«, wies Hicks an.

Gleich darauf erschienen Rachels komplette Daten auf dem Bildschirm.

»Sie waren zusammen in Georgetown«, meldete Fiedler. »Oh ... im ersten Studienjahr hatten sie dieselbe Adresse, dieselbe Telefonnummer.« Er kicherte. Seine Phantasie arbeitete offenbar auf Hochtouren.

»Sie blieben in Verbindung«, fügte er hinzu, »haben miteinander telefoniert, obwohl sie verheiratet sind. Oh! Da haben wir es ...«

»Was?« fragte Hicks.

Fiedler ließ die Bildschirmdaten der Bankauszüge von Robert Dean und Rachel Banks nebeneinander an sich vorbeiziehen.

»Dean hat in den letzten achtzehn Monate vier, fünf, sieben Barabhebungen von viertausend, fünftausend und mehr ... und mehr. Und jedesmal zeigen sich bei der reizenden Ms. Banks gleichzeitig signifikante Bareinzahlungen. Jeweils ein oder zwei Tage später.«

»Erpressung?« vermutete Hicks.

»Nun, ihre Einzahlungen sind nicht identisch, aber ... lassen Sie mich mal rechnen.« Er brauchte ein paar Augenblicke. »Ah, ja. Das sind exakt, *exakt* fünfzehn Prozent des Betrages, den Dean abgehoben hat.«

»Wer ist ihr Partner?«

»Ich sehe mir mal seine anderen Prioritätsgespräche an«, meinte Fiedler.

»Und die ihren«, schlug Hicks vor.

An anderer Stelle im Gebäude entstanden bereits Aufzeichnungen von Deans Telefongesprächen.

»Aber sicher«, sagte Dean. »Ich hätte damit zu den Justizbehörden gehen können, und die hätten dann drei Jahre später Pintero wieder ins Gefängnis gesteckt. Aber unsere Mandanten wären bis dahin ...«

Fiedler begab sich ins Bildverarbeitungslabor, wo zwei Techniker an Monitorschirmen mit der Videoüberwachung von Robert Dean befaßt waren.

Fiedler sah sich ein Video der Begegnung von Dean und Zavitz in Trashy's, dem Dessousgeschäft, an.

»An diesem Punkt anhalten.«

Der Techniker drückte eine Funktionstaste. Dean und Zavitz erstarrten in der Bewegung.

»Zehnfach.«

Der Techniker markierte eine Stelle und tippte einen Befehl ein. Jetzt zeigte der Bildschirm eine Nahaufnahme der beiden Männer.

»Ich will die Übergabe«, wies Fiedler an.

Das vergrößerte Bild konzentrierte sich auf die Einkaufstüten, die Dean trug. Aber der Ausschnitt war verschwommen. Als sie das Band langsam weiterlaufen ließen, ging jemand vorbei und versperrte im kritischen Augenblick die Sicht.

»Aufbereiten«, murrte Fiedler, »und dann Bild für Bild vorlaufen lassen.«

Hicks beugte sich unwillkürlich vor, als der Computer das Bild zu verbessern versuchte.

»Unmittelbar bevor uns die Sicht versperrt ist, greift Zavitz in seine Jacke«, erklärte Fiedler. »Als das Bild dann wieder hergestellt ist, hat sich an Deans Einkaufstüte etwas verändert. Sehen Sie den Schatten? Wir haben eine Bildumkehr gemacht ...«

Reynolds trat vor und rieb sich seine geröteten Augen. *Das war eine lange Nacht gewesen ...*

»Ist es ein Band?« fragte Reynolds.

»Schwer zu sagen«, antwortete Fiedler. »Diese Dinger sind ...«

»Kann der Computer uns die andere Seite zeigen?« drängte Reynolds.

Fiedler zuckte die Achseln. »Der Computer kann Hypothesen aufstellen, Jimmy«, meinte er dann zu dem Techniker gewandt, »rotieren, äh, sagen wir fünfundsiebzig Grad um die Vertikale.«

Als der Techniker die Befehle eintippte, fragte Reynolds: »Was *glauben* Sie, daß es ist?«

»Es sieht größer als ein Band aus«, sagte Fiedler.

»Zavitz hatte in seinem Apartment eine Anlage, um digital zu komprimieren«, sagte Hicks. »Er könnte das Video auf eine Datacard überspielt haben, etwas, das in die Tasche paßt. Und die hat er dann Dean in die Einkaufstüte gesteckt.«

»Oder die Einkaufstüte hat sich in Deans Hand bewegt«, mußte Fiedler einräumen, »oder etwas hat sich vor der Lichtquelle bewegt und den Schatten verändert. Vielleicht hat das alles gar nichts zu bedeuten.«

»Und vielleicht hat es *alles* zu bedeuten«, konterte Reynolds und ging zur Tür. »Gehen wir hin und finden heraus, was es ist.«

SECHS

Carla Dean hatte den Range Rover aus der Doppelgarage gefahren und hielt jetzt in der Einfahrt an.

Eric, der eine kleine Reisetasche in der Hand hielt, stieg mit seinem Freund Dylan ein.

Carla vergewisserte sich, daß die beiden Jungen sich angeschnallt hatten und lächelte. Ihr Sohn Eric war wirklich ein prima Junge, sie konnten sich keinen besseren wünschen. Allerdings freute sie sich auch darauf, daß sie und Dean jetzt das ganze Haus für sich haben würden, die ganze Nacht, um zu . . . experimentieren.

Und Eric würde es großen Spaß machen, bei Dylan zu schlafen.

Manchmal paßte einfach alles zusammen, dachte sie und schmunzelte. Sie drehte den Schlüssel in der Zündung und fuhr rückwärts zur Straße hinunter.

Auf den Wagen, den sie auf halbem Weg passierte, achtete Carla Dean nicht. Sie bemerkte nicht, daß sie, ihr Sohn und ihr Haus von zwei Männern beobachtet wurden.

Pratt und Bingham.

An der Kreuzung bog sie ab und fuhr in die Nacht hinein.

Im Haus schenkte Dean sich ein Glas Wein ein und trug es in sein Arbeitszimmer. Als er den Raum betrat, knurrte der weiße Spitz seiner Frau – Porsche.

Dean schaute den Hund böse an und wünschte sich dabei, daß Blicke tatsächlich töten könnten. Mann, wie er diesen Köter haßte. Doch er überwand seine Abneigung, ging ruhig an seinen Schreibtisch und stellte sein Weinglas ab.

Noch im Stehen öffnete er einen dicken Umschlag, zog einen

Stapel Papiere heraus, legte sie auf seinen Schreibtisch und warf den Umschlag in den Papierkorb.

Dann setzte er sich und trank einen Schluck Wein.

Als er gerade das Glas wieder abstellen wollte, kläffte der Spitz.

Dean ließ erschrocken das Glas fallen und schüttete Rotwein über seinen Papierstapel.

»Verdammt!« schrie Dean den Hund an und sprang wieder auf. »Ekelhaftes Vieh.«

Er bemühte sich gerade ohne großen Erfolg, die Papiere zu trocknen, als es an der Tür klingelte.

Dean blickte auf. Es kam nur selten vor, daß abends unangemeldet Leute vorbeikamen. Selbst ihre Nachbarn riefen normalerweise vorher an.

Er ging in den Flur und öffnete die Tür.

Zwei Männer standen davor.

»Ja?« fragte Dean höflich, aber nicht freundlich.

»Mr. Dean?«

»Ja ...«

»Das ist Detective Bingham«, sagte einer der beiden Männer und zeigte dabei auf den anderen. »Ich bin Pratt. Stadtpolizei Washington D. C. Tut uns leid, Sie zu Hause belästigen zu müssen«, sagte er, wobei seiner Stimme nicht anzumerken war, daß es ihm leid tat. »Wir würden gern mit Ihnen über Daniel Zavitz sprechen.«

Dean griff sich an die Stirn. Er hatte es irgendwann geschafft, das entsetzliche Geschehen zu verdrängen. Jetzt traf ihn die Erinnerung wie ein Fausthieb in die Magengrube. »Zavitz, Herrgott ...«

Er trat einen Schritt zurück, um die Männer hereinzulassen, gewann dann seine Beherrschung zurück und hielt sie auf. »Könnte ich Ihre Dienstmarken sehen?«

»Aber sicher«, lächelte Pratt und zog seine Plakette heraus. Bingham zeigte die seine.

»Kommen Sie herein«, sagte Dean. Er schloß die Tür und führte die Männer dann ins Wohnzimmer.

»Ich habe den Unfall selbst gar nicht gesehen«, erklärte er ihnen, als alle sich setzten. »Ich habe keine Ahnung, wessen Schuld es war, oder ...«

»Wir sind nicht hier, um über den Unfall zu sprechen, Mr. Dean«, fiel Bingham ihm ins Wort.

»Oh.« Dean sah ihn verwirrt an. »Ich dachte ...«

»Wir sind mit anderen Ermittlungen betraut«, erklärte Pratt. »Mr. Zavitz war allem Anschein nach in erpresserische Machenschaften verwickelt.«

»Zavitz?« rief Dean aus. »Das kann nicht Ihr Ernst sein!« *Kein Wunder, daß Danny einen so erregten Eindruck gemacht hatte.*

»Haben Sie Mr. Zavitz als Anwalt vertreten?« fragte Bingham.

Dean schüttelte den Kopf.

»Sie unterliegen also nicht der anwaltlichen Schweigepflicht.«

»Das ist richtig«, nickte Dean.

»Wir glauben, daß Mr. Zavitz möglicherweise heikle Materialien an Sie übergeben hat«, erklärte Pratt.

Wow! Das wurde von Minute zu Minute unheimlicher. Woher wußten diese Bullen überhaupt, daß er und Zavitz miteinander geredet hatten? »Was für Material?« fragte er.

Pratt musterte Deans Gesicht scharf. »Wir hatten gehofft, daß Sie uns das sagen würden.«

»Er hat mir *gar nichts* gegeben.«

»Wir glauben aber schon, daß er das getan hat«, bohrte Bingham.

»Tut mir leid, Sie enttäuschen zu müssen«, erwiderte Dean, und seine Stimme wurde eine Spur schärfer.

»Wie können Sie da so sicher sein?« fragte Pratt.

Dean zögerte einen Augenblick. Eine äußerst seltsame Frage. »Wenn er mir etwas gegeben hätte, dann würde ich das wissen.«

»Was ist mit Ihren Tüten?« wollte Pratt wissen. »Was, wenn da etwas zwischen Ihre Einkäufe gerutscht wäre, ohne daß Sie Kenntnis ...«

»Hören Sie«, sagte Dean, der jetzt anfing, ärgerlich zu werden, »Zavitz hat mir nichts gegeben. Er hat mir nichts in die Hand gegeben, nichts in die Tasche oder sonstwohin gesteckt. Was auch immer es ist, *ich habe es nicht.*«

»Dürfen wir uns die Tüten ansehen?« fragte Pratt.

»Nicht ohne Durchsuchungsbefehl.«

Bingham versuchte es mit einer anderen Taktik. »Wie kam es, daß Sie heute Nachmittag bei Trashy's waren?«

Woher zum Teufel wissen die das, fragte sich Dean. »Ich war dort, um Dessous zu kaufen«, erklärte er ruhig. »Das ist doch immer noch erlaubt, oder?«

»Für Ihre Frau?« fragte Pratt.

»Nein«, brauste Dean auf, »für mich. An den Wochenenden bin ich Transvestit. Das beruhigt mich.«

Bingham lächelte, ein Krokodilslächeln. »Wir dachten, Sie könnten vielleicht für Rachel Banks sein.«

Dean spürte, wie seine Muskeln sich spannten. *Scheiße. Wenn die von der Stadtpolizei sind, bin ich Peter Pan.*

Er stand auf und fixierte seine beiden Besucher. »Gute Nacht, Gentlemen.«

Er wußte nicht, daß eine winzige Kamera, in Binghams Knopfloch steckte, die jede seiner Reaktionen aufzeichnete.

In einem abhörsicheren Raum der NSA-Zentrale erstatteten Pratt und Bingham Hicks und Reynolds Bericht. Alle sahen sich das Gespräch mit Dean auf dem Bildschirm an. Die Streßwerte in seiner Stimme waren während der ganzen Unterhaltung gemessen und aufgezeichnet worden.

»Er ist arrogant und auf subtile Weise abweisend«, meinte Hicks. »Die Streßwerte in seiner Stimme deuten daraufhin, daß er Angst hat.«

»Was könnte das sonst bedeuten?« fragte Reynolds, und seine Augen glitzerten.

»Vielleicht betrügt er seine Frau«, meinte Fiedler. »Oder er schummelt bei den Steuern. Oder seine Mutter liegt im Sterben. Oder Rauschgiftentzug . . .«

»Oder«, warf Reynolds ein, »er versucht etwas zu verstekken.«

In Wirklichkeit versuchte Dean etwas zu *finden.* Er öffnete den Wandschrank in seinem Schlafzimmer, holte die Tüten heraus, die er am Nachmittag gekauft hatte, und leerte sie eine nach der anderen auf das Bett aus.

Dessous. Spielzeug für Eric. Eine Menge Zeug.

Dean ging seine Einkäufe sorgfältig durch, überprüfte jeden einzelnen Gegenstand einschließlich des Packmaterials.

Nichts.

Er kippte die Einkaufstüten aus.

Immer noch nichts.

Dean setzte sich auf das Bett und starrte das Muster der Steppdecke an, versuchte zu überlegen.

Als die Haustür zuknallte, fuhr er hoch.

»Honey«, rief Carla verführerisch, »ich bin wieder da!«

Dean stopfte die Geschenke schnell wieder in die Tüten zurück und legte sie in seinen Schrank.

Dann lehnte er sich an das Kopfteil des Bettes und versuchte zu lächeln, wartete auf seine reizende Frau.

Aber er konnte an nichts anderes denken, als an Zavitz' zerfetzte Leiche. Und daran, daß diese beiden Burschen so viel – zuviel – über ihn wußten . . .

Irgendwie war er nicht mehr in Stimmung.

SIEBEN

»Mike!« Am nächsten Morgen hastete Dean den Gang seiner Anwaltsfirma hinunter, um seinen Kollegen, einen ehemaligen Polizisten, aufzuhalten, der die Ermittlungen für die Firma erledigte.

»Mike, ich will Einzelheiten über Daniel Zavitz. Vor kurzem verstorben. Er war mit mir zusammen in Georgetown. Viel mehr weiß ich nicht.«

Mike nickte. »Das reicht schon.«

Dean eilte in sein Büro zurück und schaltete sofort seinen Computer ein. Der piepte kurz und fuhr dann hoch.

Das Kabel, das die Computer der Firma miteinander vernetzte, führte vom Computer auf den Boden und an der Teppichleiste entlang durch die Wand.

Nebenan, in der Herrentoilette, hatten drei Männer in den Uniformen des Wartungsdienstes das Schild AUSSER BETRIEB vor die Tür gehängt. Allerdings waren diese Männer nicht hier, um eine verstopfte Toilette zu reparieren. Sie befanden sich auf einem Überwachungseinsatz: Jones, Jamie und Bingham.

Jones hielt an der Tür Wache, während Jamie und Bingham durch einen Lüftungsschacht krochen.

Sie hatten das Gitter an der Wand entfernt und den PVC-Kanal geöffnet, in dem die Computerleitungen zwischen den Büros auf Deans Stockwerk und denen im Stockwerk darüber verliefen. Bingham griff nach dem hellblauen Plenumkabel und entfernte die Isolierung, indem er ein paarmal mit seinem brennenden Feuerzeug darüberstrich. Dann holte er ein Stück Kabel aus der Tasche, befestigte das eine Ende an dem Plenumkabel und klippte das andere Ende in eine Verteilerbox, an der Jamie ein Kabel für einen Bildschirm einstöpselte.

Jetzt konnte er Deans Bildschirm sehen, als der Anwalt sein Paßwort eintippte: M-I-N-G-U-S.

»Vier-Null-Zwei, hier Vier-Null-Eins«, flüsterte Jamie in sein Headset. »Paßwort ist *Mingus* – Michael, Ida, Nordpol, Gustav, Ulrich, Siegfried.«

Dean arbeitete den ganzen Tag an einem Computer, der nicht länger seine Geheimnisse hütete. Jede Datei, die er öffnete, alles, was er eingab, seine gesamte Festplatte, alles, was die Datenspeicher seiner Firma enthielten, wurde in aller Stille auf die Computer der NSA überspielt und dort analysiert.

Am Abend fuhr Carla mit Dean auf dem Beifahrersitz die Straße hinunter. Eric schlief auf dem Rücksitz.

»Ich möchte dich etwas fragen«, sagte Carla.

»Oh.« Dean war ihr Tonfall nicht entgangen – der Tonfall, der ihm sagte, daß seine Frau, die Anwältin, über etwas nachgedacht hatte. Jetzt kam das Kreuzverhör.

»Wie hast du herausgefunden, daß Pintero mit Gewerkschaftsfunktionären zusammen war?« fragte sie.

»Ich habe einen Ermittler engagiert.«

»Du hast einen Ermittler engagiert?« rief Carla aus.

»Ja, freilich.« Dean zuckte die Achseln. Wie sollte man sonst etwas herausfinden?

»Mit anderen Worten«, sagte seine Frau, »du hast ihn bespitzelt.«

»Carla, der Mann ist ein rechtskräftig verurteilter Straftäter«, erklärte er.

»Bobby, wenn du *irgend jemanden* lange genug verfolgst, wirst du ihn wahrscheinlich dabei erwischen, daß er *irgend etwas* anstellt.«

Jetzt kommt's, dachte Dean. »Und was soll das heißen?«

»Ach, komm schon«, sagte Carla. Sie wandte ihre Augen nur

kurz von der Straße ab, aber der Blick, mit dem sie ihn ansah, war voll konzentriert. »Du weißt genau, was ich wissen will. Es war dieser Brill, dieser Bekannte von Rachel, nicht wahr?«

»Ist das jetzt eine Feststellung oder eine Frage?«

»Eine Frage.«

»Suchst du einen guten Ermittler?« versuchte Dean auszuweichen.

Ihr Gesicht blieb unbewegt, sie lächelte nicht, als sie in ihre Einfahrt bog und den Wagen zum Stehen brachte. »Das war nicht meine Frage, und das weißt du auch ganz genau.«

Dean legte den Arm auf die Sitzlehne hinter seiner Frau. »Schau, Rachel ...«

»Ich bin Carla«, knurrte sie.

»Würdest du mich bitte ausreden lassen?« rief er. »Würdest du mich bitte ...?« Er schüttelte in einem Anflug von Verzweiflung den Kopf. »Rachel war Rachel. Sie wird nie du sein, in keiner Weise.«

Carla akzeptierte das Kompliment widerstrebend, und ihr Ton wurde etwas weicher. »Ist das dein Ernst?«

»Und ob es das ist«, versprach Dean ihr feierlich. »Weil nämlich niemand – Rachel nicht und auch sonst niemand – es mir je so schwer gemacht hat wie du!«

Carla zog die Bremse an und legte ihrem Mann beide Arme um den Hals. »Du magst es doch, wenn man es dir schwer macht«, schnurrte sie.

»Deshalb bin ich doch mit dir zusammen.«

Und dann schmusten sie im Wagen wie zwei Teenager. Eric tat ihnen den Gefallen, nicht aufzuwachen, bis sie ihn ins Haus trugen.

Als sie in den Flur traten, war ihre Stimmung mit einem Schlag dahin.

Ihr Haus war ein einziges Chaos.

Die Möbel waren umgestürzt, Bilder und Photos waren von den Wänden gerissen. Papiere über den Boden verstreut.

Dean ging ans Telefon, während Carla den immer noch schlafenden Eric in sein Zimmer trug.

»Ja«, sagte Dean, während er mit dem schnurlosen Telefon in der Hand im Zimmer auf und ab ging und sich ein Bild zu machen suchte, ob etwas gestohlen worden war. »So wie es aussieht, waren das Jugendliche – Vandalen. Trotzdem ist es höchst ärgerlich . . .«

»Du meine Güte . . .«, hörte er Carla im Flur rufen.

Er eilte in ihr Schlafzimmer und fand seine Frau im Badezimmer stehend. Gemeinsam starrten sie in die überdimensionierte Wanne. Deans teure Anzüge und Schuhe lagen im Wasser.

»Ja«, sagte er angewidert ins Telefon, »das waren Jugendliche.«

Er ging zurück ins Schlafzimmer, das Telefon mit der Schulter ans Ohr pressend. Er warf einen Blick in seinen Kleiderschrank und holte den einzigen Anzug heraus, der dort noch auf dem Bügel hing. »Wenigstens haben sie einen übersehen«, murmelte er ins Telefon.

Dann schaltete er ab und ging ins Bad, um das Wasser abzulassen.

Ein Zwei-Mann-Skull flog am frühen Morgen des nächsten Tages über die Wellen des Potomac.

Dean und Jerry Mills saßen in dem Boot. Dean ruderte, als ob jemand hinter ihnen her wäre. Und das war gut möglich.

»Woher willst du wissen, daß es nicht Pintero war?« fragte Jerry atemlos, weil er Mühe hatte, das Tempo zu halten.

»Ich weiß es nicht«, keuchte Dean. »Vielleicht hoffe ich nur, daß es Jugendliche waren.«

Mills war bereit, sich paranoide Gefühle zu gestatten, auch wenn Dean es sich nicht erlaubte. »Komm schon, Mann – du mußt rudern!«

Pratt und Bingham waren ebenfalls früh aufgestanden, aber sie betätigten sich hinter verschlossenen Türen. Sie waren damit beschäftigt, im Bootshaus schnell und geräuschlos das Vorhängeschloß an Deans Schrank zu knacken. Sie entnahmen ihm seine Patek-Phillipe-Armbanduhr, seinen Mont-Blanc-Füllhalter und sein Handy.

Dann verglichen sie Deans Patek-Phillipe genau mit drei ähnlichen Uhren, die sie mitgebracht hatten, bis sie schließlich eine fanden, die exakt der Deans entsprach. Sie warfen einen Blick auf die Rückseite der Uhr – sehr gut, keine Gravur – und vertauschten dann schnell die Armbänder.

Ebenso verfuhren sie mit dem Mont-Blanc-Füllhalter den sie mitgebracht hatten ...

»Die Espressomaschine haben sie mitgenommen, Jerry«, beklagte sich Dean bei seinem Freund, als sie schließlich zum Bootshaus zurückgingen. »Die Espressomaschine! Und das ist ja verständlich, weißt du, weil diese Mistkerle sich wahrscheinlich eine Tasse Espresso machen wollten, ehe sie die Stereoanlage verhökern.«

»Haben sie deine Kleider mitgenommen?« fragte Jerry, als sie den Umkleideraum betraten.

»Nein. Die Anzüge und die Schuhe haben sie in der Badewanne eingeweicht und meine Garderobe mit Farbe besprüht.«

Mills runzelte die Stirn. »Du hast doch ein paar Zegna-Anzüge – haben sie die nicht mitgenommen?«

»Nein.«

Mills schüttelte verblüfft den Kopf. »Gewöhnlich nehmen sie die Kleider mit. Was ist mit Schmuck?«

»Den auch nicht«, sagte Dean und tupfte sich das Gesicht mit einem weißen Handtuch ab. »Die Computer und den Großbildfernseher haben sie zerschlagen. Und den *Mixer* haben sie ebenfalls mitgehen lassen.«

»Den Mixer?«

Dean seufzte wehmütig. »Ich habe meinen Mixer geliebt.«

»Das Tafelsilber haben sie nicht genommen?« bohrte Jerry nach.

»Nein.« Dean schüttelte traurig den Kopf. »Aber meinen Mixer.«

Dann unterbrachen sie ihr Gespräch, um zu duschen und sich anzuziehen.

»Ich war auch mal so«, sagte Jerry mit verstellter Stimme. »Ich habe nie eingebrochen, aber ich habe ... andere Dinge angestellt.«

Dean rammte seinen Fuß in eine Socke. »Wir alle haben was angestellt. Ich wünschte bloß, die hätten den Mixer nicht mitgenommen, weißt du? Den Mixer habe ich gemocht. Das nehme ich persönlich.«

Als er fertig angezogen war, legte er seine Patek-Phillipe-Armbanduhr ums Handgelenk, warf noch einen prüfenden Blick in den Spiegel und schloß dann die mit seinen Initialen versehenen Manschettenknöpfe, die die Diebe übersehen hatten.

»Einen einzigen Anzug haben sie mir gelassen«, brummelte er. »Und der ist drei Jahre alt ...«

Reynolds blickte finster.

Das hier war keine Bibelstunde.

Er sah sich in dem sicheren Konferenzraum um und durchbohrte Hicks, Fiedler, Pratt und Bingham mit seinen Blicken. Er suchte nach Antworten.

»Entweder er bereitet etwas vor«, sagte Hicks, »oder, er weiß nicht, daß er es hat.«

»Oder«, gab Fiedler zu bedenken, »er hat es nicht.«

Nein, Reynolds Gesichtsausdruck ließ keinen Zweifel an seiner Überzeugung, daß Dean es hatte. Bloß wo? Sie würden versuchen, das herauszubekommen.

Und während sie das Band suchten, würden sie Dean auch

klarmachen, daß sie hinter dem Band her waren, so waren Reynolds Anweisungen gewesen. Aber das sah jetzt ganz anders aus.

Bisher war das Hauptproblem das Band gewesen, aber jetzt war das Hauptproblem Dean.

»Wissen Sie, was ich gesehen habe?« sagte Reynolds. »Ich habe gesehen, wie Killer als freie Männer aus dem Gerichtssaal gingen, weil der Augenzeuge Alkoholiker war. Ich habe gesehen, wie Sexualtäter sich damit verteidigten, ihr Opfer sei ein Callgirl gewesen. Glaubwürdigkeit. Nur das ist hier wichtig.«

Keiner der anderen wußte, wovon er redete.

»Dean hat das Band«, erklärte Reynolds überzeugt, »und er wird dieses Band der Öffentlichkeit präsentieren, und wenn er das tut, dann möchte ich, daß seine Glaubwürdigkeit erschüttert ist. Ich möchte, daß die Leute wissen, daß er lügt, *bevor* sie hören, was er sagt.

Bingham begriff immer noch nicht. »Wir könnten seine Frau und seinen Jungen holen«, schlug er vor. »Für sie würde er es herausgeben.«

»Machen Sie sich doch nicht lächerlich«, brauste Reynolds auf. »Keine vierundzwanzig Stunden und das FBI und die Polizei wären hier.« Er sah Hicks und Fiedler an. »Zapfen Sie die zwanzig am häufigsten angerufenen Nummern an. Und schauen Sie, ob Sie in seinem Vorleben etwas finden können; diese Gewerkschaftsgeschichte riecht nach Mafia. Und in puncto Rachel Banks ist er mit Sicherheit angreifbar ...

Ich will alles wissen, alles, was seine Frau, seine Eltern und vielleicht seine Wettschulden angeht. Seine Urinproben, die Pornovideos, die er sich ausleiht, seine Strafzettel. Seine Freunde aus dem Viertel, wo er aufgewachsen ist, die im Gefängnis sitzen und ihre langjährigen Strafen abbrummen ...«

»Was soll das heißen, Sie können nichts finden?«

Dean zuckte zusammen, als er die schrille Stimme seiner Frau hörte, aber er konnte es ihr nicht verübeln. Sie waren zu dieser großen Veranstaltung gekommen – Wahlkampfspenden für Congressman Alvin Morse –, die im Countryclub stattfand. Die Leute waren herausgeputzt wie für eine Silvesterparty. Er und seine Frau hatten sich ebenfalls in Schale geworfen, das mußte er zugeben. Sie hatten sich auf den Abend gefreut.

Aber jetzt hatte man sie am Eingang zur Seite gebeten, während eine sichtlich peinlich berührte Hosteß nach ihrer Tischkarte suchte.

»Ich habe die Bestätigung im September eingesandt«, beharrte Carla. »Und unsere Spende. Wir haben einen Dankesbrief erhalten.«

Die Frau blätterte noch einmal durch die Karten und fand wieder nichts. »Nur eine Sekunde, bitte . . .«, sagte sie und hastete davon.

Dean konnte es der armen Frau nicht übelnehmen, daß sie wegrannte. Carla konnte einem ganz schön Angst machen, wenn sie in Fahrt war.

Er sah zu, wie sie mit ihrem hohen Absatz aufstampfte, und rechnete jeden Augenblick damit, Dampf aus ihren Ohren quellen zu sehen.

»Sag es nicht«, sagte er mit ruhiger Stimme.

»Ich will meinen Scheck zurück«, sagte Carla. »Ich spende nicht fünfzehnhundert Dollar, um mich dann behandeln zu lassen wie . . .« Ihre Stimme versagte und schließlich sagte sie schlicht: »Ich will den verdammten Scheck zurück. Und ich will ihn noch heute abend.«

»Der ist bereits . . .« Dean wollte sagen *eingelöst,* überlegte es sich dann aber anders. Plötzlich hellte sich sein Gesicht auf, und er beendete den Satz mit »erledigt!«.

Ein Mitarbeiter des Kongreßabgeordneten, ein junger Mann namens Richie, kam auf sie zu.

»Bobby, kann ich Sie einen Augenblick . . .?«

Dean warf seiner Frau einen verblüfften Blick zu, den diese

erwiderte, und folgte Richie dann in eine Ecke. Carla kam ebenfalls mit.

Richie räusperte sich. »Wir geben Ihnen Ihr Geld zurück.«

»Was?« rief Carla aus.

»Für das Dinner, Ihren Beitrag zum Wahlkampf des Senators und drei Monate Zinsen«, verkündete Richie ruhig und mit leiser Stimme, als handle es sich um die Vergütung für irgendeinen kleinen Einkauf. »Wir stellen den Scheck morgen früh aus. Ich lasse ihn Ihnen mit einem Boten überbringen.«

Die Deans waren sprachlos. Nun, Bobby Dean war das zumindest.

Carla faßte sich schnell. »Warum geben Sie uns das Geld zurück?« fragte sie schnell.

»Weil wir es nicht wollen.«

»Warum nicht?« hakte Dean nach. Seit wann waren Politiker denn wählerisch, wenn es um Geld ging? »Warum nicht, Richie?«

Richie zuckte hilflos die Achseln. Tut mir schrecklich leid. Und das mit der saloppen Haltung eines, nun, sagen wir, Oberkellners, der die Deans wissen ließ, daß der bestellte Jahrgang nicht mehr vorrätig war.

Dann sagte er: »All diese Gerüchte über Sie ...«

»*Was* für *Gerüchte?*«

»Jetzt kommen Sie schon, Bobby«, sagte Richie redlich bemüht, nicht beleidigend zu werden – und ebenso bemüht, die anderen wichtigen Gäste, die vor dem Club warteten, nichts hören zu lassen. »Das FBI mit seinen Fragen ... alles das ...«

»FBI ...« wiederholte Dean, jetzt völlig konfus.

»Nicht aus der Ruhe bringen lassen«, sagte Richie und legte Dean mitfühlend die Hand auf die Schultern. »Das legt sich wieder; das ist immer so.«

»Denen hänge ich einen Prozeß an, daß ihnen die Augen übergehen!« brüllte Dean am nächsten Morgen in sein Telefon. Am anderen Ende der Leitung war Jerry Mills. Er funkelte die *Washington Times* an, die auf seinem Schreibtisch lag. Die Schlagzeile lautete:

FBI ÜBERPRÜFT MAFIAVERBINDUNG
VON RECHTSANWALT

»Das ist doch die Höhe!« ereiferte er sich. »Die haben mich nicht einmal um eine Stelllungnahme gebeten. Das kommt die teuer zu stehen!«

»Mr. Dean«, unterbrach ihn seine Sekretärin leise. Sie war, ohne daß er es bemerkt hatte, in der Tür erschienen. »Rachel Banks.«

»Da kommt ein Gespräch auf der anderen Leitung«, erklärte er Jerry. »Ich komme nachher runter.« Er drückte den Knopf und nahm den neuen Anruf entgegen. »Hi. Was gibt's?«

»Ich habe heute Morgen einen Anruf meiner Firma bekommen«, erklärte sie. »Die haben mir gesagt, ich solle nicht kommen.«

»Warum du?« rief Dean aus.

»Da warten Reporter, die was über meine Beziehung zu dir wissen wollen, und seit wann ich für die Mafia tätig bin! Die *Mafia*, Bobby!«

»Du großer Gott ...«

»Weißt du, wie hart ich dafür gearbeitet habe, diese Stellung zu bekommen?« Sie schien den Tränen nahe.

»Mr. Dean«, unterbrach ihn seine Sekretärin erneut – aber diesmal war es wirklich wichtig. »Silverberg und Blake wollen Sie im Konferenzzimmer sprechen.«

Dean legte den Hörer auf, zog sich die ohnehin schon perfekt sitzende Krawatte zurecht und ging den Korridor hinunter.

Als er an dem auf Hochglanz polierten Konferenztisch in dem ehrwürdigen Zimmer Platz nahm, waren dort nur er und seine beiden Chefs anwesend.

Sie sahen ihn an, als sei er ihnen völlig unbekannt.

Als ob er eine Bedrohung für sie darstellte.

»Ich habe gerade mit jemandem telefoniert, zu dem ich volles Vertrauen habe«, begann Silverberg. »Man ist dabei, eine Grand Jury zusammenzustellen, die Ihr Geschäftsgebahren untersuchen soll. Und zwar bis zurück zum Streik der Elektrizitätsarbeiter.«

»Eine Grand Jury ...?« Dean war jetzt völlig durcheinander. Allmählich fühlte er sich wie in einem dieser Alpträume, von denen man weiß, daß sie ein Alptraum sind, aus denen man aber trotzdem nicht erwachen kann.

Nur daß Dean sich verdammt wach fühlte.

»Sie behaupten, Sie hätten mitgeholfen, eine Briefkastenfirma für Sam Vollotti in Zürich zu gründen«, erklärte Blake, »und die Peitso-Familie hätte aufgrund der Beziehungen zu Ihnen Einfluß nehmen und falsche Zeugenaussagen einbringen können, um unsere Position in Mißkredit zu bringen.«

Dean lehnte sich in seinem Sessel zurück und schlug die Beine übereinander. »Oh, nun, das stimmt.«

»Sie geben es also zu?« rief Silverberg aus.

»Ja, freilich«, erwiderte Dean, und dann blitzten seine Augen. »Nur nicht das mit der Briefkastenfirma in Zürich. Oder, daß ich jemanden kenne, der Sam Vollotti heißt. Oder, daß ich irgendwelche Beziehungen zu der Peitso-Familie habe.«

Silverberg stöhnte. »Robert ...«

»Mark«, fiel Dean ihm ins Wort und beugte sich über den Tisch vor. »Das ist Pinteros Rache. Geben Sie mir eine Woche und stellen Sie mir vier Jungs aus der Prozeßabteilung zur Verfügung.«

Die beiden Männer saßen bloß da und starrten ihn an.

»Erzählen Sie uns etwas über Rachel Banks«, sagte Blake.

»Was soll ich Ihnen sagen?« fragte Dean. »Sie war in meinem zweiten Studienjahr auf der Uni meine Freundin. Wir haben Verbindung miteinander, vermitteln uns gegenseitig manchmal Aufträge. Das ist alles.«

»Hatten Sie vor vier Jahren mit ihr eine Affäre?« fragte Blake.

Dean starrte ihn ungläubig an. Er war jetzt seit Jahren für diese beiden Männer tätig. Sie kannten ihn. Wie konnten sie so leicht an ihm zweifeln?

»Haben Sie je Ihre Frau betrogen, Jack?« knurrte Dean. »Je unter der Dusche gewichst? Homosexuelle Gedanken gehabt?«

Silverberg verzog das Gesicht. »Bobby, das ...«

»Geht mich einen Dreck an? Sie haben verdammt recht, das tut es!« Er stand auf und eilte zur Tür, ehe er noch mehr sagen konnte, was er vielleicht später bedauern würde.

Dann blieb er stehen, drehte sich um und kam an den Tisch zurück. »Ich liebe meine Frau«, sagte er, und schaute sie durchdringend an. »Ich liebe meinen Sohn. Mehr als alles andere. Und sonst geht Sie nichts an.«

Silverberg schien ungerührt. »Wir möchten, daß Sie Urlaub nehmen«, verkündete er schlicht. »Bis wir klarer sehen.«

Dean drehte sich einfach um und verließ das Zimmer. Er ging langsam den mit Teppichen ausgelegten Flur hinunter.

Er hatte hier gekämpft. Geblutet. Bis an den Rand der Erschöpfung gearbeitet. Und was zählte das jetzt alles? Wie kam es, daß er sich plötzlich wie ein Fremder vorkam?

Dean konnte es nicht erwarten, abends nach Hause zu kommen. Nach Hause zu dem einen Menschen, der ihn in- und auswendig kannte. Seine Zuflucht in einer Welt, die aus den Fugen geraten war. Seine Frau.

»Carla?« rief er, als er durch die Garage ins Haus lief.

Jenny, die Freundin seiner Frau, hielt ihn auf.

»Oh, hallo, Jen. Wo ist sie?«

»Geh da nicht hinein«, herrschte Jen ihn an. »Sie will dich nicht sehen.«

Dean fiel die Kinnlade herunter. »Warum nicht?«

Jen funkelte ihn an, als wollte sie ihm sagen, was für ein armseliger Kerl er war. »Weil sie Zeitung liest, du Blödmann.«

Dean schob sich an ihr vorbei und ging ins Eßzimmer, wo seine Frau mit geröteten Augen am Tisch saß und auf die *Washington Post* starrte.

»Carla ...?«

Sie blickte zu ihm auf. In ihren Augen konnte er Schmerz und Zorn lesen. »Wie konntest du zulassen, daß ich es so erfahre?«

»Ich erfahre es auch so«, antwortete Dean. »Davon ist nichts wahr. Ich habe nie ...«

»Das ist nicht wahr?« fragte sie und zeigte ihm das Photo auf der Titelseite. Es war ein Photo von Dean, wie er Rachel Banks in einem Restaurant auf die Wange küßte. Ihr Zusammentreffen neulich. Das, bei dem Rachel ihm das Band gegeben hatte. »Du warst nicht dort mit ihr zusammen?«

Dean seufzte und gab alles zu. Das, was es zuzugeben gab. Er hatte ihr gegenüber nie erwähnt, daß er und Rachel sich gelegentlich zum Lunch trafen. Er hatte nicht gewollt, daß sie auf falsche Gedanken kam. Aber jetzt, als sie es auf diese Weise erfuhr, kam sie ganz entschieden auf falsche Gedanken. »Ich habe mit ihr zu Mittag gegessen. Wir essen etwa einmal im Monat zusammen.«

Die Augen seiner Frau weiteten sich.

»Das ist rein geschäftlich«, fügte er schnell hinzu. »Sie ist meine Kontaktperson zu dem Ermittler – zu Brill. In dem Punkt hattest du recht.« Er studierte das Photo in der Zeitung. »Herr Gott, die müssen das aus der Überwachungskamera im Restaurant haben.«

»Du hast gesagt, sie sei nicht wichtig«, bohrte Carla. »Du hast *geschworen.*«

»Ist sie auch nicht«, beharrte er. »Ich muß mich geschäftlich mit ihr treffen. Ich wußte, wenn ich es dir sagen würde ...«

»Du hast eine Affäre mit dieser Frau gehabt, Robert«, sagte Carla, und ihr Tonfall brach ihm fast das Herz. »Wir sind ein

Jahr lang zu einem Scheiß-Eheberater gegangen. Und jetzt verschweigst du mir, daß du dich mir ihr triffst.«

»Carla, in den Zeitungen wirft man mir Geldwäsche vor, Mafiabeziehungen, ich habe meinen Job verloren . . .«

»Die haben dich entlassen?« fragte Carla entsetzt.

»Kannst du mir nicht in dieser Geschichte mit Rachel vertrauen?« bettelte er.

»*Wie in Gottes Namen kann ich dir vertrauen?*« schrie Carla. Sie schloß die Augen und atmete tief durch. Dean konnte einfach nicht glauben, was als nächstes kam.

»Ich möchte, daß du gehst.«

»Carla . . .«

»Nein. Ich kann nicht denken, wenn du hier bist. Ich will dich im Augenblick nicht sehen. Ich möchte, daß du gehst.«

Nein, er würde nicht zulassen, daß das passierte, er mußte bleiben, mußte sich mit ihr aussprechen . . . Er streckte die Hand nach ihr aus.

»*Geh einfach weg, damit ich nachdenken kann!*«

Dean war wie gelähmt, als er seinen BMW durch die dunkle Straße steuerte. Er hatte Mühe, all die Veränderungen zu erfassen, die im Laufe eines einzigen Tages sein ganzes Leben in Stücke gerissen hatten.

Wer konnte dahinterstecken, fragte sich Dean. Pintero? Der Mann war mächtig, aber nicht sonderlich intelligent. Für Pintero schien ihm das alles viel zu raffiniert. Aber wer sonst? Dean hatte keine Ahnung.

Und er ahnte auch nicht, daß am Unterboden seines Wagens ein Peilsender befestigt war.

Dean fuhr zu einem Hyatt-Hotel, um sich ein Zimmer für die Nacht zu nehmen. Jedenfalls hoffte er, daß es nur für eine Nacht war. Bis morgen würde Carla sich hoffentlich beruhigt haben. Sie kannte ihn. Sie mußte zu ihm stehen.

Vielleicht würde es ihm sogar guttun, in einem bequemen

Hotelzimmer mit sich ins reine zu kommen, versuchte er sich einzureden, während er durch die elegante Hotelhalle zum Empfang ging. Das würde ihm Gelegenheit geben, sich etwas zu entspannen, beim Zimmerservice etwas zu essen zu bestellen und dann nachzudenken. Zu überlegen, was er als nächstes tun mußte.

Die junge Angestellte am Empfangspult gab ihm seine Kreditkarte zurück.

»Abgelehnt?« rief er aus. Er sah sich um, ob jemand zugehört hatte. »Die Karte ist nagelneu.«

»Vielleicht ist sie noch nicht registriert«, meinte die Frau höflich.

Bemüht, nicht beunruhigt zu wirken, schob er ihr seine andere Kreditkarte über das Pult hin. Die Angestellte nahm sie und zog sie durch den Schlitz.

Beide warteten.

Dean trommelte leicht auf die Tischplatte und versuchte gelassen zu wirken.

»Tut mir leid«, sagte die junge Frau.

Dean trat einen Schritt von der Theke zurück. Das war ihm noch nie passiert. Es war schrecklich peinlich. Herrgott, wenn er wollte, hätte er ein ganzes Stockwerk buchen können.

Er schaute zu dem jungen Pagen hinüber, der das Geschehen beobachtet hatte. Jetzt sah der Junge weg, wich Deans Blick aus.

»Meinen Koffer«, sagte Dean und sah sich um.

»Sir?«

»Meinen Koffer möchte ich. Ich hatte gerade noch einen Koffer.«

Nein, Dean hatte ihn nicht abgegeben, er hatte keine Quittung dafür, er war kein Gast – der Koffer war einfach *verschwunden!*

Draußen auf der Straße suchte Dean nach einem Geldautomaten und wartete dann ungeduldig darauf, daß der Automat die Transaktion durchführte und ihm Bargeld gab.

Einen Augenblick darauf spuckte die Maschine kühl seine Karte aus.

AUSZAHLUNG NICHT MÖGLICH, tadelte ihn die Maschine.

»Verdammt noch mal!« schrie Dean und hieb mit beiden Fäusten auf den Apparat ein.

Auf der verwitterten Tafel vor dem Motel stand ALLE ZIMMER $ 39,95. Dean stöhnte. Das mußte genügen.

Er schloß die Zimmertür hinter sich und drückte auf dem Weg ins Bad die Fernbedienung des Fernsehers.

»Haben Sie jemals von einer Telefonzelle aus Ihrem Kind Gute Nacht gesagt?« dröhnte ein Werbespot. »Sie werden . . .«

Danach lieferte ein CNN-Sprecher die letzten Nachrichten des Tages. »Wenige Tage vor der entscheidenden Abstimmung hat Congressman Albert heute bei einer Pressekonferenz in Washington D. C. um Unterstützung für das Fernmeldegesetz geworben.«

Auf dem Bildschirm war der etwa sechzig Jahre alte Kongreßabgeordnete zu sehen, wie er vor einer handverlesenen Gruppe »führender Persönlichkeiten« eine Rede hielt – Leuten, mit Verbindungen zu Albert oder die seine Interessen teilten. Auf dem Fernsehschirm wirkten sie wie Fans.

»Wir haben miterleben müssen, daß sich eine Art von Gewalttätigkeit, die bis jetzt nur in ›anderen Ländern‹ festzustellen war, jetzt auch hier ereignet. Und sich sicherlich wieder ereignen wird. Deshalb müssen wir alles tun, um uns davor zu schützen, daß . . .«

Dean kam aus dem Badezimmer. Als er am Fernseher vorbeiging, schaltete das Bild auf eine Szene aus dem Film *Psycho*. Dann auf eine Footballspiel.

Dean bemerkte es kaum. Er streckte sich auf dem Bett aus, neben sich ein Exemplar der *Post* mit dem Bild von ihm und Rachel auf der Titelseite.

Jetzt war auf dem Bildschirm wieder der Abgeordnete Albert zu sehen. »Es gibt viele Arten der Freiheit«, sagte er, »und wir müssen uns entscheiden, welche davon . . .«

Dean rieb sich die Augen und versuchte, das Geschehene zu verstehen. Seit er Trashy's Boutique betreten hatte, war alles außer Kontrolle geraten.

Jemand hatte ihm buchstäblich sein Leben gestohlen.

Irgendwie mußte er es sich zurückholen.

ACHT

Tut mir leid. Ich verstehe nicht ganz, was Sie wollen?«

Dean sah Sal, einen von Pinteros Handlangern, lächelnd an, als dieser ihm sichtlich verblüfft den Weg versperrte. Sein Kollege Frankie schien genauso verdutzt.

»Ich möchte mit Mr. Pintero über das reden, was gerade passiert«, wiederholte Dean ruhig. »Ich habe angerufen, und man hat mir gesagt, daß er hier ist.« Er deutete auf ein Hinterzimmer, wo Pintero hinter einer Glaswand am Schreibtisch zu sehen war.

Frankie sah Sal an. »Was passiert mit ihm?«

Die beiden Schläger sahen Dean an.

Dean seufzte. Er hätte es vorgezogen, mit Pintero Klartext zu sprechen, aber erst mußte er an diesen beiden vorbeikommen. »Jemand versucht, mein Leben zu ruinieren – meinen Ruf, meine Ehe, meine Kreditwürdigkeit ...«

Frankie sah ihn mit weit aufgerissenen Augen an. »Und?« In Anbetracht der Meinung, die er von Dean hatte, schien ihm das ganz vernünftig.

»Ich dachte, Mr. Pintero könnte mir vielleicht sagen, wer dahintersteckt«, versuchte Dean ruhig zu erklären. »Und dann könnten wir uns irgendwie einigen, damit das aufhört.«

»Nun, Mr. Pintero würde Ihnen gern helfen«, fing Frankie an. »Aber er kann nicht.«

»Warum nicht?« fragte Dean.

Frankies Gesicht verfinsterte sich. »Weil er – und wir alle – schon Hunderttausende von Dollar an Winkeladvokaten wie Sie bezahlt haben, und zwar *wegen* Rechtsverdrehern. Und deshalb macht es uns überhaupt nichts aus, wenn einer wie Sie richtig durch die Scheiße gezogen wird – im Gegenteil, wir würden uns lieber einen Cocktail holen und dabei zusehen.« Er lächelte. »Verschwinden Sie hier.«

»We wish you a merry Christmas, we wish you a merry Christmas...«

Der mit Lametta und Lichtern geschmückte Platz des alten Stadtviertels hallte von hellen Kinderstimmen wider, die Weihnachtslieder sangen, aber Dean konnte der Szene nichts abgewinnen. Er bahnte sich seinen Weg durch die Menge zu einem Platz am Brunnen.

Neben Rachel Banks.

»Du hast gesagt Punkt elf«, sagte sie anstelle einer Begrüßung.

»Tut mir leid«, entschuldigte sich Dean. »Der Weihnachtsverkehr.«

»Nicht daß ich sonst viel zu tun hätte.« Rachel sah sich nervös um, sah die gutgekleideten Männer und Frauen, die an dem milden Dezembermittag ihr Mittagessen im Freien einnahmen. Leute mit Einkaufstüten. Einen Betrunkenen, der auf die Brunnenumrandung zutaumelte, den zerknüllten Wettzettel vom Pferderennen in den schmutzigen Fingern. »Weißt du, eigentlich ist es nicht klug, wenn wir uns zusammen in der Öffentlichkeit sehen lassen.«

Deans Mine verfinsterte sich. »Haben wir denn etwas zu verbergen?«

Rachel seufzte. »Leider nein.«

»*And a happy New Year...*«, sangen die Kinder.

»Oh, da ist noch etwas«, meinte Rachel. »Jemand von der Steuer hat mich heute morgen angerufen. Die sagen, ich hätte einen Lebensstil, der nicht zu meinem Einkommen paßt.«

»Steuerprüfung?«

»Für die letzten vier Jahre.«

»Meine Firma wird dich vertreten«, versicherte ihr Dean. »Gratis.«

Rachels Blick sagte *oh, vielen herzlichen Dank.* »Du arbeitest doch dort gar nicht mehr, Bobby.«

Niemand auf dem überfüllten Platz bemerkte, wie die Lippen des Betrunkenen sich zu einem Lächeln verzogen.

Aber in dem Überwachungswagen in der Nähe schmunzelten Fiedler, Seth und Jones ebenfalls. Jedes Wort, das Dean und Rachel wechselten, wurde von dem Mikrophon, das in der ungepflegt wirkenden Kleidung des Betrunkenen versteckt war, aufgefangen. Er war in Wirklichkeit gar nicht betrunken, und sein Name war Jones.

Einige Bildschirme in dem Wagen zeigten den Platz aus verschiedenen Blickwinkeln, dazu kam noch eine Nahaufnahme von Dean und Rachel.

»Sie gehen weiter«, sagte Seth, als Rachel sich erhob und Dean sich ihr anschloß.

»Glänzend beobachtet, Mr. Holmes«, murmelte Bingham, der auf einem Dach postiert war, in sein Kopfmikrophon; er und sein Helfer bemühten sich um eine neue Position, um das in Bewegung befindliche Paar unter ihnen wieder mit der Kamera einzufangen.

»Die haben uns fertiggemacht, Bobby«, sagte Rachel, während sie die alte Hafenpromenade entlangschlenderten, vorbei an malerisch wirkenden Hotels und Bars auf der einen und der schimmernden Fläche der Chesapeake Bay auf der anderen Seite.

»Ich bringe das in Ordnung«, erklärte Dean schlicht.

»Wie?«

»Ich will mehr über Brill wissen.«

Rachel seufzte. Das war ein altes Thema zwischen ihnen. Aber die Antwort auf diese Frage war immer dieselbe, auch jetzt noch. »Das geht nicht.«

»Hat er Bill gesagt?« fragte Fiedler seine beiden Kollegen in dem Überwachungswagen.

»Brill«, sagte ein Mann, der das Paar mit einem Feldstecher beobachtete. »Mit R.«

Seth tippte Brill in seinen Computer ein und begann eine Namenssuche.

»Rachel, er ist der Schlüssel zu der ganzen Geschichte«, bedrängte sie Dean, während sie beide über die Chesapeake Bay hinausblickten.

»Was?«

»Seit ich dieses Band bekommen habe, läuft alles schief«, erklärte Dean. »Rachel, du hast mir versichert . . .«

»Da haben wir es!« rief Hick erregt im NSA-Gebäude aus, wo er alles mitgehört hatte. »Ich hab doch gleich *gewußt,* daß er es hat. Dean hat das Band!«

Reynolds, der gerade telefonierte, blickte auf. »Hat er das gesagt?«

Alle beugten sich vor.

»Als du Informationen gebraucht hast, habe ich sie besorgt«, sagte Rachel knapp. »Das ›Wie‹ war dir egal.«

Dean legte ihr die Hand auf den Arm. »Das war mir *nicht* egal«, beharrte er.

Ihre einzige Antwort war eine wegwerfende Handbewegung, dann ließ sie ihn stehen.

Er folgte ihr. »Was wirst du jetzt tun?« fragte er. »Dich auf eine Parkbank setzen?«

Sie gab keine Antwort.

»Willst du deinen Job wieder haben? Ein richtiges *Leben?*«

Rachel wirbelte zu ihm herum und funkelte ihn an: »Ich habe kein Leben, und ich bin in einen verheirateten Mann verliebt.«

Dean senkte den Blick. »Das tut mir leid.«

»Wie kommst du darauf, daß du der Mann bist?« herrschte sie ihn an, einfach, weil es ihr guttat.

Dean sah überrascht auf. »Bin ich's nicht?«

Rachel verdrehte die Augen. Sie wußte nicht, ob sie lachen oder weinen sollte. »Du bist ein Idiot, weißt du das?«

»Ja«, nickte Dean. »Das weiß ich.« Er lächelte sie an.

Und einen Augenblick später lächelte sie zurück.

»Ich verliere den Ton!« rief Seth in sein Headset.

»Die sind jetzt im toten Winkel«, meldete der Mann mit dem Richtmikrophon vom Dach aus.

»Scheiße«, rief Fiedler. »Mr. Rafferty?«

»Tut mir leid«, erwiderte der Mann mit dem Feldstecher. »Ich kann ihre Lippen nicht sehen.«

Pech für sie. Glück für Dean.

»Wenn ich Brill erreichen muß«, verriet Rachel, »dann mache ich einen Kreidestrich an den Briefkasten Ecke Neununddreißigste Straße und Charles.«

Das hatte sie bereits getan. Am Morgen war Rachel Banks zu dem Briefkasten gegangen, als ob sie nichts anderes im Sinn hätte, als eine Geburtstagskarte einzuwerfen. Aber als der Brief durch den Schlitz gefallen war, hatte sie ganz beiläufig einen Kreidestrich schräg über den Briefkasten gezogen.

»Wenn er meine Markierung durchstreicht, weiß ich Bescheid. Ich hinterlasse eine Nachricht immer an derselben Stelle und zur selben Zeit«, erklärte sie Dean jetzt.

Eine halbe Stunde später fuhren Dean und Rachel in Deans Wagen wie zufällig an dem Briefkasten vorbei. Die Kreidemarkierung sah jetzt wie ein X aus.

Rachels Anweisung folgend, nahm Dean Kurs auf den Hafen von Baltimore.

Dort angekommen parkten sie den Wagen und reihten sich in die Schlange am Ticketschalter ein, während ein Wasserbus langsam auf den Landesteg zutuckerte. Deans Blick wanderte in die Runde, schweifte über die Schiffe, die Möwen, die Nachmittagssonne über dem Wasser. Zu jeder anderen Zeit hätte ihm das, was er sah, gefallen.

»Die Drei-Uhr-Fähre nach Gibson Island«, erklärte Rachel Dean.

»Du siehst ihn nie persönlich?« fragte er.

Rachel schüttelte den Kopf. »Er ist ein vorsichtiger Typ.«

Dean kaufte sein Ticket.

»Sein ›Briefkasten‹ ist hinter Sitz vierundsiebzig«, fuhr Rachel fort. »Wenn ich etwas dort ablege, holt er es sich später ab.«

»Hast du eine Ahnung, wie er aussieht?«

»Er lebt im Untergrund«, sagte Rachel. »Er kann aussehen, wie er will.« Sie hielt kurz inne und meinte dann mit besorgt gerunzelter Stirn: »Er wird nicht erfreut sein, daß du versuchst, ihn aufzuspüren.«

Mir blutet das Herz, dachte Dean. Er drückte Rachel kurz die Hand, eilte dann auf die Fähre und suchte sich einen Platz. In der Nähe von Nummer vierundsiebzig.

Kurz nachdem die Fähre sich vom Steg gelöst hatte, taumelt ein Betrunkener in mittleren Jahren den Mittelgang herunter. Er versuchte, sich auf Platz zweiundsiebzig zu setzen, taumelte dann aber ein Stück zurück und landete auf vierundsiebzig.

War das Brill?

Dean klappte seine Zeitung auf und wartete darauf, daß der Landstreicher hinter dem Sitz nach etwas von Rachel suchte.

Aber das tat er nicht.

Während die Fähre den ganzen Nachmittag über zwischen dem Hafen und Gibson Island hin- und herpendelte, saß eine ganze Reihe möglicher Mr. Brills' auf vierundsiebzig:

Ein Junge im Teenageralter mit einer Brille, der unablässig mit Freunden schwatzte.

Eine ältere Frau, die sichtlich nervös war, weil sie bemerkte, daß Dean sie beobachtete.

Eine Nonne.

Aber niemand von ihnen suchte nach einem Päckchen.

Hatte er etwas falsch gemacht? Brill irgendwie verscheucht? Oder war der Bursche einfach nicht erschienen?

Dean fuhr mit der Fähre hin und her, bis sie schließlich für die Nacht am Steg vertäut wurde. Er blieb sitzen, bis die letzten Passagiere von Bord gegangen waren.

Platz vierundsiebzig blieb leer.

Dean seufzte und stand auf. Eigentlich ein recht angenehmer Nachmittag, dachte er – wenn er nur nicht darum kämpfen müßte, sein Leben wieder in Ordnung zu bekommen.

Er ging die Rampe hinunter, starrte auf die Spitzen seiner teuren, italienischen Schuhe und fragte sich, wie es Carla wohl gehen mochte. Dachte an Eric.

Überlegte sich, was er als nächstes tun sollte.

Er betrat die Schalterhalle und sah sich um. Sie war leer und verlassen. Müde nahm er Kurs auf die Herrentoilette. Sie war ebenfalls leer. Er ging an ein Waschbecken, drehte den Hahn auf und beugte sich dann vor, um sich kaltes Wasser ins Gesicht zu spritzen.

Als er sich aufrichtete, erschrak er so, daß er zusammenfuhr.

Ein Mann – groß, schlank, alterslos – stand neben ihm.

»Keine Aufregung«, sagte der Mann. »Tut mir leid, daß es so lange gedauert hat. Ich mußte mich nur vergewissern, daß niemand Ihnen gefolgt ist.«

Als Dean schließlich seine Stimme wiedergefunden hatte, sagte er: »Brill?«

Deans Muskeln spannten sich, als der Mann mit einem Frequenzsucher seinen Körper entlangfuhr.

»Brill ist tot«, sagte der Mann ausdruckslos. »Er ist mit zwei Jahren an Pocken gestorben. Er ist irgendwo in Kansas begraben. Mein Name tut nichts zur Sache.«

Dann ist Brill also ein falscher Name, dachte Dean. *Na ja, warum eigentlich nicht?*

Die Nadel an dem Gerät, das der Mann in der Hand hielt, schlug aus.

»Zeigen Sie mir Ihren rechten Schuh.«

Dean sah ihn überrascht an. »Meinen Schuh?«

Der Mann nickte.

Dean zuckte die Achseln und zog den auf Hochglanz polierten Schuh aus. Es war einer von Deans Lieblingsschuhen, und deshalb weiteten sich seine Augen erschreckt, als der Mann ein Messer aufklappte und sich am Absatz zu schaffen machte.

In dem Absatz war eine Höhlung. Dean sah verblüfft zu, wie der Mann mit Daumen und Zeigefinder hineingriff und vorsichtig ein Miniaturpeilgerät herauszog.

Er reichte Dean den Schuh zurück. »Ein Peilsender. Reichweite tausend Meter.« Er rieb sich das Kinn. »Die sind in der Nähe.«

Dean kam aus dem Staunen nicht mehr heraus. »Wie kommt das hier hinein?«

Der Mann gab keine Antwort; er spülte den Sender einfach die Toilette hinunter. »Kommen Sie. Gehen wir.«

Dean folgte ihm nach draußen in die winterliche Dunkelheit. Sie gingen schnell und ohne miteinander zu reden auf einen mit Brettern vernagelten Marktstand in der Nähe zu. Brill wählte aus den dort parkenden Autos ein Taxi aus und setzte sich hinter das Steuer. Dean ging um den Wagen herum und schickte sich an, vorn auf der Beifahrerseite einzusteigen.

»Nein«, hinderte der Mann ihn daran. »Hinten, so als ob Sie ein Kunde wären.«

Dean zuckte die Achseln, sah sich nervös um und schob sich dann auf den Rücksitz.

Der Mann drehte den Zündschlüssel, sah sich bedächtig um, schaltete das Taxameter ein und reihte sich dann in den dichten Verkehr ein.

Dann fragte der Mann so beiläufig wie jeder gelangweilte Taxifahrer, der sich die Zeit mit einem Gespräch vertreiben will: »Was ist geschehen?«

Endlich. Dean beugte sich vor, und seine Geschichte sprudelte förmlich aus ihm heraus. ». . . und über Nacht ist alles dahin. Frau. Stellung. Bankkonten . . .« und, wurde ihm klar, ». . . mein Platz in der Welt.«

Der Mann, von dem Dean geglaubt hatte, daß er Brill heiße,

äußerte sich nicht. Dean lehnte sich in seinen Sitz zurück. Den ganzen Alptraum noch einmal zu durchleben, hatte ihn erschöpft. Dann bemerkt er, wie der Mann in den Rückspiegel sah, und Dean bickte sich um. Alles wirkte ganz normal. Ein Chevy Pickup überholte gerade einen anderen Wagen hinter ihnen.

»Sie sagten, Zavitz hätte jemanden erpreßt?« fragte er Dean.

»*Die* haben das gesagt.«

Der Mann wechselte mehrfach die Fahrspur und behielt dabei die ganze Zeit den Rückspiegel im Auge. Dean sah sich um; jetzt waren völlig andere Autos hinter ihnen, nur der Pickup war noch da.

Der Pickup war immer noch da, hielt bei sämtlichen Spurwechseln des Taxis mit.

»Und Sie waren der letzte, der mit ihm gesprochen hat«, vergewisserte sich der Mann.

»Ja.«

»Was hat er zu Ihnen gesagt?« wollte der Fahrer wissen, riß dabei das Taxi in eine scharfe Kurve und jagte eine schmale Straße hinunter.

»Nichts.« Dean schüttelte den Kopf. Er hatte ihre Begegnung immer wieder durchgespielt, in der Hoffnung, dabei irgendeinen Anhaltspunkt zu finden, wie er die Begegnung mit Zavitz mit all dem, was seitdem geschehen war, in Verbindung bringen konnte. Das einzige, woran er sich erinnern konnte, war »Er hat gesagt, ›Hilf mir, Bobby‹.«

»Ihm wobei helfen?«

Dean konnte nicht glauben, wie schnell sie fuhren. »Dazu ist er nie gekommen.«

»Was hat er Ihnen gegeben?«

Wenn da plötzlich ein Kind auf die Straße rannte! »Nichts!«

Das Taxi schoß mit kreischenden Reifen hart nach links, so

daß Dean gegen die Tür geschleudert wurde. Der Wagen vor ihnen kam zum Stillstand, und das Taxi kurvte um ihn herum. Dean schluckte, rieb sich den Magen und sah dann über die Schulter zurück.

Der Chevy war immer noch da.

»Hören Sie, Sie müssen mir alles sagen«, erklärte Brill jetzt. »Wenn Sie mir etwas vormachen, kann ich Ihnen nicht helfen. Hat er Ihnen etwas gegeben? Einen Namen, eine Adresse, eine Telefonnummer?«

»Nein, nichts ...«

Er hielt sich am Haltegriff fest, als Brill ein riskantes Manöver vollführte. Dean kam sich vor wie auf einer Achterbahn. Aber gut war der Mann, das mußte er zugeben.

Beide Männer sahen sich um.

Offensichtlich war der Verfolger in dem Chevy noch besser.

»Wer ist das?« fragte Dean seinen Fahrer.

»Keine Ahnung.« Er näherte sich der nächsten Kreuzung, wurde schneller. »Er versucht, uns irgendwie auf sich aufmerksam zu machen.«

Dean schluckte und klammerte sich am Griff fest. Der Wagen flog um die Ecke. »Also, bei mir ist ihm das bereits gelungen«, stieß er hervor.

Es wirkte nicht gerade beruhigend auf Dean, daß der Fahrer offensichtlich anfing, ärgerlich zu werden. Der Mann zog ein Taschenfunkgerät heraus. »Zweihundertneun an alle«, bellte er in das Gerät. »Ich brauche hier Hilfe.«

»Hey, wen rufen Sie da?« wollte Dean wissen, und sein absolutes Vertrauen in den Mann bekam einen kleinen Knacks. »Ich dachte, Sie arbeiten allein.«

Der Mann trat das Gaspedal durch – es war jetzt ganz unten auf dem Wagenboden. »Vielleicht können Sie mal einen Augenblick lang den Mund halten.«

In der Ferne leuchtete eine rote Ampel. Sie brauchten bloß

Jung, smart und erfolgreich: Will Smith als Anwalt Robert »Bobby« Dean
Sämtliche Bilder © by Touchstone Pictures and Jerry Bruckheimer Inc.

Er geht über Leichen: Jon Voight als NSA-Mann Thomas Brian Reynolds

Oben: Das erste Opfer der Verschwörung ist Jason Robards als Kongreßabgeordneter Philip Hammersly
Unten: NSA-Mitarbeiter bei der lückenlosen Observierung

Auf der Flucht trifft David Zavitz, gespielt von Jason Lee, (oben) auf seinen ehemaligen Studienkollegen Dean (unten)

Kaum im Fadenkreuz der NSA (oben) wird auch Deans Familienleben (unten) systematisch zerstört

Oben: Dean berät sich verzweifelt mit seiner ehemaligen Freundin Rachel
Unten: Hals über Kopf auf der Flucht

Altstar Gene Hackmann spielt den untergetauchten ehemaligen Agenten Brill, der alle Tricks der NSA kennt

Oben: Alleine hat Dean keine Chance
Unten: Zusammen mit Brill nimmt Dean den Kampf gegen die NSA auf